아침 7시부터 도내를 빙빙 도는 중.

영업 수익이 5만 엔이 될 때까지

퇴근할 수 없다!

오늘도
혼나고 오셔!

택시운전사의 빙글빙글 일기

최고 연봉 556만 엔, 최저 연봉 184만 엔

"참나, 어딜 가는 거예요!"

뒷좌석 승객이 고함을 질렀다.

아사쿠사바시[1] 부근에서 태운 손님은 "야에스"라고만 말하고 휴대전화로 통화를 하기 시작했다. 신참인 나는 가는 법을 몰랐다. 손님에게 물어보려고 해도 통화가 끝날 줄 몰랐다. 대강 방향을 잡아서 쇼와도리, 주오도리를 지나 신토키와바시 교차로[2]에서 직진했을 때였다. 나는 얼떨결에 급브레이크를 밟아버렸다.

지금이라면 길 어딘가에서 좌회전해야 한다는 사실을 안다.

---

1 역은 JR소부선, 도에이지하철이 있다. 길은 야스쿠니도리와 에도도리와 같이 큰 교차로가 있다. 노포인 인형가게가 있고, 점심에는 흔히 그 역에서 대기를 한다.

2 이 교차로를 직진하면 에이타이도리에 이른다. 그곳에서 좌회전하면 야에스 방면으로 갈 수 있지만, 명백하게 멀리 돌아서 가게 된다.

"죄송합니다. 통화 중이시길래요."

나는 순순히 사과했다.

"무슨 일을 이렇게 해요? 야에스라고 했잖아요."

"죄송합니다. 아직 이 부근은 잘 모르는지라."

"참나."

서른 전후로 보이는 손님은 대놓고 혀를 찼다.

"죄송합니다만, 어느 길로 가면 되는지 알려주실 수 있을까요?"

당시의 나는 "죄송합니다"를 입에 달고 살았다.

이 일의 경제적인 엄격함은 익히 알고 있었다. 하지만 사회적인 입장이 어떤지는 일을 하는 동안에 이해해나갔다. 나는 무수한 직업 가운데 하나라고만 생각했는데 현실은 달랐다. 직업에 귀천이 없다[3]고 하지만, 이건 어디까지나 이상론이다. 탁 터놓고 말하자면, 나는 이 일을 하면서 사회의 계급제도를 실감했다.

손님 중에는 거만한 시선으로 스트레스를 운전기사에게 푸는 사람도 있다. 손님의 불합리한 트집에도 반론하지 못하고 꾹 참아야 한다. 불쾌한 손님이 내린 후에 차 안에서 "정신 나간 놈"이라고 몇 번이나 큰 소리로 화를 냈는지 모른다.

나는 어떤 사정이 있어서 쉰 살에 그때까지 하던 일을 잃었다. 나

---

3 옛날에 오사카 출신 개그맨이 택시기사에게 '바가지 씌우는 가마꾼'이라고 모욕을 줬다고 해당 운전기사가 폭로했다. 결국 형사사건은 불기소되었지만, 민사소송으로 오사카 고등법원에서 위자료 10만 엔을 지불하라는 명령을 내렸다. 민사소송까지 건 것은 분명 택시기사의 고집이었을 테다.

이 든 부모님과 아직 대학생인 외아들을 위해서 생활비를 벌어야 했다. 아무 기술도, 특별한 능력도 없는 쉰 살의 남자가 직업을 선택할 여지[4]는 없었다. 어쨌거나 시급하게 생활자금이 필요했다. 나는 택시운전기사가 되었다.

원천징수표를 살펴보면 연봉이 제일 많을 때(2005년)는 556만 엔, 65세에 퇴직할 때는 184만 엔이었다. 불쾌한 일도 많았지만, 그뿐인 건 아니었다.

손님이 이 일을 시작한 이유를 묻기도 했다. 질문을 받으면 솔직하게 이야기했다. 사정을 감추지 않고 이야기하면 손님 또한 마음을 열고 자신의 처지를 이야기할 때가 있다. 장거리 손님과 인생상담 같은 시간을 보낸 적도 있다. 손님과 맺은 인연에서 이 일에서만 얻을 수 있는 기쁨을 느낄 때도 있었다.

쉰에 시작해서 65세에 은퇴할 때까지 15년간[5]의 경험을 담아냈다. 택시운전기사의 실정이나 이 일의 성공 비결 등이 담긴 책은 이미 여러 권 출판되었다. 그런데도 나에게는 나밖에 쓸 수 없는 경험이나 생각이 있다.

15년에 달하는 나날에 담긴 이런저런 이야기를 썼다. 내가 은퇴한 후에 일어난 코로나는 택시 업계에 직격탄을 날렸다. 내가 현역

---

4 컴퓨터 같은 기계를 다루는 데도 서툴고 가지고 있는 자격증도 보통면허 정도밖에 없었다. 나이를 따져 봐도 그것 말고는 경비원 정도밖에 떠오르지 않았다.

5 내 동료들의 평균연령은 예순이 넘었던 것 같다. 택시기사 경력 20, 30년인 베테랑도 발에 채일 만큼 많았다. 그런데도 나에게 있어서 15년이라는 세월은 짧지 않았다.

시절일 때에 비해 여러모로 불안정하다. 지금도 현역으로 계속 일하는 동료에게 이야기를 듣고, 업계가 격동하는 모습도 담아내기로 했다. 이 책에 담긴 것은 모두 거짓이나 지어낸 이야기가 아닌 실화[6]이다.

동종업계 사람들은 물론 이 업계를 모르는 분들도 택시 업계의 희비극을 즐겨주었으면 더할 나위가 없을 듯하다.

6 내가 택시 업계에 몸담고 있던 시절과 현재는 상황이 달라진 부분도 있을 테다. 또한 택시회사에 따라 사정이 다를지도 모르니 그 점은 독자님들께 양해를 부탁드리고 싶다. 또한 등장하는 사람들의 이름은 모두 가명이며, 개인을 특정해내는 것을 피하기 위해 일부 표현을 애매하게 다룬 부분이 있다.

차례

들어가며 – 최고 연봉 556만 엔, 최저 연봉 184만 엔

제 1장 땀과 눈물과 욕설의 나날

제 2장 택시기사의 사정, 승객의 사정

제 3장 경찰이라면 지긋지긋하다

제 4장 택시기사여 안녕

제 1장

땀과 눈물과 욕설의 나날

채용 기준
「 나의 택시회사 선택기 」

택시 운전기사가 되자고만 결정했다. 하지만 택시 회사를 선택하는 방법을 몰랐다.

어떤 회사가 좋을지 망설이고 있을 때 우연히 '어차피 논다면 큰물에서 놀자'라는 어느 택시 회사의 광고 문구를 접했다. 내가 취업활동을 시작한 2000년 당시, 각 택시 회사마다 앞다투어 사원을 모집하고 있었다. 업계의 4대 운송회사[1] 중 한 곳으로, 그 회사 이름은 나도 알고 있었다.

전화로 문의를 했더니 "며칠에 오실 수 있나요?"라는 질문을 받

---

1 다이와자동차, 니혼교통, 데이토자동차, 고쿠사이자동차로, 도쿄 도내 법인 택시의 약 30퍼센트를 이 네 기업이 차지하고 있다.

았다. 적당히 몇몇 후보 날을 전달하자 면접날이 즉각 정해졌다. 실제로는 무직인 나에게 사정이 여의치 않은 날은 없었다. 이 문의가 채용 조건의 1차 시험이었다는 사실을 나중에 알았다.

"이봐, 지금 운전수 뽑수?"

이런 말투로 전화를 한 사람은 그 자리에서 사절했다고 한다.

나중에 지정된 일시에 회사로 갔다. 택시회사 내 회의실에는 열다섯 명쯤 되는 응모자들이 모여 있었다. 서류에 입사 희망 이유를 기입하도록 지시받았다.

보통은 '이 회사의 장래성을 생각해서'라든가 '이 일이 자신의 소질을 살리는 길이라고 여겨서'라고 적을 테다. 그런데 이 회사를 선택하는 데 적극적인 마음이 없었던 나는 어떻게 써야 할지 머뭇거리고 있었다.

나를 포함해 대부분의 사람이 당혹스러워하는 것을 본 담당자는 "이곳 말고 없었다고 솔직하게 쓰셔도 됩니다"라고 말했다. 많은 사람에게 있어서 그게 본심이었을 테다. 회장에서 안심한 듯한 웃음소리가 새어나왔다.

이어서 신체검사가 실시되었다. 담당자가 가장 신경 쓴 것은 문신의 유무였다. 우리 그룹에는 해당자가 없었다. 그 이튿날 센터장과 일대일 면접[2]이 있었다. 면접을 무사히 마치고 마지막으로 센터

---

2 센터장으로부터 "당사를 선택한 이유가 있습니까?"라고 질문 받아서 "그 광고 문구를 봤기 때문입니다"라고 답했다. 그러자 그가 "그 문구는 제가 지었습니다. 기쁘군요"라며 환한 표정을 지었다.

장에게 "뭔가 궁금한 사항 있으신가요?"라는 질문을 받았다.

"사용하는 택시는 한 사람당 한 대인가요? 아니면 몇 사람이서 교대로 사용하나요?"

택시는 한 대를 두 명이 교대로 사용한다. 다른 사람은 상식으로 알고 있는 모양이지만, 입사 전의 나는 이런 사실조차 몰랐다. 택시 업계에 관한 지식은 거의 전무했다.[3]

나중에 "당신을 채용하기로 했습니다. 축하드립니다. ×일에 내사해주세요"라는 전화를 받았다. 나는 이 전화를 받고 안도했다.

당시의 나는 나중에 언급할 '도산 소동'으로 부산스러워서 실업급여 신청조차 떠오르지 않을 만큼 혼란스러워하고 있었다. 얼마 안 되는 저금을 깨서 한 달 정도 생활을 꾸려가는 형편이었다.

이것으로 이제 취업활동을 하지 않아도 된다. 같이 사는 어머니에게도 일을 구했다고 보고할 수 있고 생활비도 마련할 수 있다. 그저 안심하기에 바빴다.

후에 알게 된 사실인데, 당시의 채용 기준은 면접 태도뿐이었다고 한다. 연령, 성격, 경력은 전혀 관계가 없었다고 한다. 그게 내가 발을 내딛은 택시 업계였다.

---

3 다른 현에 살던 나는 도쿄 지리를 몰랐다. 그 불안감을 센터장에게 털어놓자 그는 "괜찮습니다. 승객분들이 가르쳐주시니까요"라고 답했다. 하지만 그런 손님만 있는 게 아니라는 사실을 나중에 통감하게 되었다.

택시 업계의 가나다
「 엘리트의 모임 」

채용이 정해지자 이어서 연수를 받았다. 연수 내용은 택시 업계의 상식이라고 할 수 있는 '입문 과정'부터였다. 연수 중에도 일당과 왕복 교통비가 나왔다. 당시의 나에게는 실로 감사한 일이었다.

운행 중 노란 신호에서는 멈추지 않고 안전을 확인하며 나아가고[1], 빈차일 때 제일 좌측 차선으로 통행[2]…… 택시 업계에는 암묵적인 룰이 있었다. 나한테는 수많은 것들이 금시초문이었다. 지참

---

[1] 승객은 신호에 걸려 정차하는 걸 싫어한다. 오히려 빈차일 때는 교차로의 노란 신호에서 정차한다. 그 교차로에서 손님이 탈 가능성이 있어서이다.

[2] 손을 든 손님을 발견하면 정차하기 쉬워서 좌측통행이 기준이지만, 오른쪽 차선에서 비집고 들어오는 비상식적인 패거리도 많았다.(일본의 도로는 좌측통행이다)

한 노트에 교관이 하는 말을 필기해나갔다.

　교실에서는 열다섯 명 정도 되는 동기들이 같이 강의를 듣고 있었다. 제일 나이가 어린 사람은 20대 초반이며 최고령은 나보다도 연상인 60대였다.

　연수 중 어느 교관이 이런 말을 했다.

　"여러분 중에는 분명 여러 가지 사정으로 이 일을 선택한 분이 있을 겁니다. 히구치 씨는 분명 와세다 대학 출신이었죠?"

　저절로 모두의 시선이 히구치 씨에게 쏠아졌다. 아무도 입 밖으로 꺼내지 않았지만 '와세다 대학을 나왔으면서 왜 택시 운전을 할까?'라는 마음이었을 테다. 30대 중반으로 보이던 그는 그런데도 멈칫하는 기색 없이 미소 지으며 당당했다.

　모두가 여러 사정을 품고 택시기사로서 출발선상에 서려고 하는 것이다. 그리 생각하자 연령도 이력도 제각각인 그들이 동지 같은 심정이 들었다.

　연수에서는 과거에 실제로 있었던 사례를 들어 지도를 받았다.

　"고객님의 요구에 응해드려야 합니다만, 법률 위반은 절대로 하지 마세요. 고객님의 요구에 따르느라 일방통행인 거리를 역주행한다든가 법정속도를 크게 초과하는 기사님이 있습니다. 그런 의뢰는 의연하게 거절해야 합니다."

　실제로 현장에 나가면 거절하기 힘들 때도 있을 테다. 교실에서 연수를 받기만 하는데도 서서히 불안해졌다.

빈차로 달리고 있을 때 손을 든 고객을 발견했는데도 세우지 않고 가버리면 '승차 거부'가 된다. 이 행위는 금지되어 있으며, 위반 시 '도로운송법(도로교통법)'에 의해 '100만 엔 이하의 벌금'에 택시 센터에서 엄격한 연수를 받아야 한다. 손을 들고 있는 손님을 못 보고 지나가는 경우가 흔히 있는데, 그게 고의인지 아닌지 증명하기 어렵다. 그 탓인지 승차거부로 처벌받은 기사는 본 적도 들은 적도 없다.

그 외에도 표시등[3]을 다루는 법, 고객이 곯아떨어지거나 사고를 일으켰을 때의 대응법[4] 등 실전에서 도움이 될 만한 이런저런 강의가 이어졌다.

연수는 강의뿐만이 아니었다. 시험장을 따라 만든 코스에서 교관을 태우고 훈련을 거듭했다. 또한 회사 구내에서 실제 택시를 몰면서 문 개폐법[5]을 배웠다. 동료를 고객으로 가정해 승차시켰다. 간단하다고 생각했지만 실제로 해보니 고객과의 간격, 타이밍 등

---

3 표시등은 '주행 중' '빈차' '회송' '예약' '대절' 등을 알린다. 그것 말고도 오른쪽 무릎 부근의 비상용 스위치를 누르면 표시등(택시 위의 램프)이 빨간색으로 깜빡거려 '이 택시는 위험한 상황입니다. 경찰에 신고해주세요'라는 사인을 보낸다.

4 그쪽 세계 사람으로 보이는 험상궂은 승객이 목적지에 도착해서 몇 번이나 말을 걸었지만 일어나지 않았다. 마음이 여린 젊은 새내기가 결국 그 승객이 아침에 일어날 때까지 차 안에서 같이 밤을 보냈다는 웃지 못할 에피소드를 들려주었다. 잠든 손님에게 아무리 말을 걸어도 일어나지 못하면 파출소나 근처 경찰서에 가서 부탁하도록 배웠다.

5 예전에는 기사가 자리의 우측 밑에 있는 레버를 올리거나 내리는 지렛대의 원리를 이용한 수동이었다. 우리는 버튼을 누르는 방식으로 전환되는 시기였다.

을 맞추기가 의외로 어려워서 이런 일에도 어느 정도 경험이 필요하다고 느꼈다.

택시미터기는 고객이 승차하고서 행선지를 확인한 후에 작동시킨다. 택시미터기는 시간과 주행거리가 합해져, 즉 시간과 거리에 따라 요금을 자동으로 산출하는 구조로 되어 있다. 고속도로를 주행할 때는 운전기사가 조작해서 거리만으로 산출하는 요금으로 바꾼다. 도로가 정체되어 꼼짝도 못할 때면 미터기는 작동하지 않는 구조이다.

도착 후에 받은 요금이 현금이라면 버튼을 누르면 영수증이 자동으로 나와서 종료되지만, 신용카드나 캡카드[6] 등에 할인이 적용되면 다루는 방식이 복잡해진다. 동료들은 간단히 다루었지만 나는 정신이 없어서 패닉을 일으킬 것 같았다. 고객에게는 편리한 시스템이지만, 쉰을 넘긴 나는 진도를 따라가기가 벅찼다.

연수 중 휴식 시간에 동료들과 잡담을 나누었다. 이 시간에 각자 택시기사가 된 사연이나 예전 직업 등의 이야기를 주고받는다. 나이도 고향도 성장배경도 다른 사람들의 이야기에 흥미가 생겼다.

이목구비가 진한 미남상인 다니 씨는 전직 목수로, 본인이 말하길 "솜씨만큼은 일류"라고 했다. 그는 회사를 경영해서 최전성기 때는 10명 정도 되는 직원을 거느리고 있었다고 한다. 거품 경기에

---

6 택시 티켓처럼 지불 가능한 택시 전용 IC카드다.

우쭐해져서 사업을 너무 확장시키는 바람에 거품 경제가 붕괴되자 회사 경영이 기울어졌고 최종적으로는 1억 엔에 가까운 빚을 떠안고 도산했다.

"일이 잘 굴러갈 때는 막 추진해가잖아요. 그러다 좀 고꾸라지죠. 그러면 '어라, 난 이 정도밖에 안 되는 사내가 아닌데' 하면서, 일을 강력하게 추진해나갈 때의 감각으로 버둥대게 돼요. 그러다가 더 깊은 수렁에 빠지게 되죠."

다니 씨는 빚이 돌이킬 수 없는 상태가 되자 가까스로 '자신의 분수'를 깨달았다고 한다.

"목공장인은 장인답게 굴어야 하는데 말이에요. 혼자서 착실하게 일했더라면 여기에 있을 일도 없었겠죠. 지금도 목공장인으로 살았을 거예요."

다니 씨는 그렇게 하소연했다.

가키하라 씨는 대형 경비회사 구인광고에 응모했으나 채용시험에서 떨어져 이쪽으로 왔다고 알려주었다.

"히라가나를 한자로 옮기라는 시험이었어요. '하아쿠(파악)'라든가 '슈카쿠(수확)'라든가 '아이사쓰(인사)' 같은 게 나왔어요. 저는 절반 정도밖에 못 썼어요. 그런데 옆 사람이 꼼꼼하게 전부 써넣은 걸 보고 아, 난 틀렸구나 하고 포기했어요."

그런 사정까지 허심탄회하게 이야기해주었다.

실은 그 대형 경비회사는 취업활동 중에 나도 지원할까 생각했던 적이 있었다. 가키하라 씨의 말을 듣고 지원하지 않아서 다행이다 싶었다. 나도 불합격일 가능성이 높았다.

가키하라 씨나 나 같은 '엘리트'도 받아들여주는 이 회사의 넓은 포용력을 실감했다.

2종면허시험

「 지도와 눈싸움하기 」

한 달에 달하는 연수를 마치자 최종시험을 보게 됐다.

2종면허[1]를 취득하려면 학과시험과 기능시험을 통과해야 한다. 기능시험은 연습할 땐 완벽한데 실제 시험 때 몇 번이나 불합격한 선배도 있어서 나는 괜찮을지 불안했다.

기능시험 당일, 시험장은 다마 공원묘지[2] 근처였다.

스무 명 정도가 같이 시험을 보게 되어 있었고, 나는 그날의 첫

---

[1] 승객을 운반하는 목적으로 차를 운전할 때 2종면허가 필요하다. 1종과 2종의 차이는 손님을 태우고 달릴 수 있느냐 없느냐다. 정사원이 되었을 때 영업소장이 "목숨 다음으로 중요한 건 2종면허라고 생각해주세요"라고 훈시했다.

[2] 제일 가까운 역은 JR무사시코가네이역으로, 남쪽 출구에서 버스를 타면 약 15분이 걸린다. 꽤 멀고 불편한 곳이라는 인상을 받아서 이런 곳까지는 또 오고 싶지 않았다.

수험생이었다. 조수석에 시험관이 탔다. 다음 사람은 뒷좌석에서 상황을 살펴볼 수 있어서 두 번째부터가 더 유리하다는 사실을 알았지만 이미 늦었다.

긴장하며 달리기 시작해서 순서대로 과제를 클리어해나갔지만, 도중에 큰 실수를 저질렀다. 정면 신호가 빨간색이라서 정차하던 중 교차하는 도로에 시선이 향한 바람에 신호가 파란색으로 바뀐 걸 늦게 알아차렸다. "왜 안 가세요?" 하는 시험관의 말에 급발진했지만, 도중에 신호가 빨간색으로 바뀌고 말았다. 시험 도중에 불합격이라는 말을 듣고 시험이 중지된 사람을 알고 있어서 이제 다 틀렸다고 생각하면서 다른 과정을 완료했다.

승차 후 시험관은 "신호가 바뀔 때 모쪼록 주의하세요. 우선은 합격입니다"라고 말했다. 설마 쉰을 넘은 내 나이를 고려한 건 아니겠지만 당시 시험관의 다정다감함에 구제받았다.

합격을 전해들은 후 뒷좌석에서 그때의 모습을 보고 있던 사람에게 "그런데 운전을 그렇게 하고도 용케 합격하셨네요"라고 의아해하는 말을 들었다. 실제로 그 말이 전적으로 맞았다.

실기시험을 클리어하면 도쿄와 오사카는 지리시험이라는 게 있다. 대도시에서는 그 복잡한 도로망을 알아둘 필요가 있어서일 테다. 그 합격률은 당시에 60% 정도라서 나는 미지의 도쿄 지도와 눈싸움을 하며 외웠다.

지리시험은 40문항 중 32문항 이상 정답이면 합격한다. 기출 문제집이 있는데, 그중 하나가 시험문제로 출제되며 같은 문제가 몇 차례나 나왔다. 즉 과거 문항을 전부 외우면 100퍼센트 합격할 수 있는 것이다. 그런데도 몇 번이나 불합격하는 사람이 있다. 이상한 일이다.

예를 들어 이런 문제[3]를 풀 수 있는 사람이 있을까?

[문제] 다음의 수도고속도로 나들목이 있는 수도고속도로 노선을 보기 중에서 고르시오.

<수도고속도로 나들목>
(1)나카다이 (2)요가 (3)가사이 (4)세이신초
(5)가스미가세키
[보기]
① 완간센 ② 3호시부야센 ③ 도신간조센
④ 4호신주쿠센 ⑤ 주오간조센 ⑥ 7호고마쓰가와센
⑦ 5호이케부쿠로센
[정답]
(1)⑦ (2)② (3)① (4)⑤ (5)③

---

3 당시 시험 문제가 정확히 기억나지 않아서 이 문제는 '공익재단법인 도쿄택시센터'에 게시된 '지리시험 과 거문항'에서 발췌했다.

도쿄에서 자라지 않은 나로서는 이런 몇몇 문제는 쉽지 않았다. 상당히 공부를 해야만 합격할 수 있다고 각오를 다지고 24시간 내내 지도를 옆에 끼고 살면서 과거 문제를 하나씩 풀며 머리에 주입시켜나갔다.

철저하게 예습한 덕분에 시험에 어느 정도 자신감을 가지고 임할 수 있었다. 시험이 끝나고 답안을 제출한 후에 정답지가 배포되었다. 자판기에서 뽑은 커피를 마시면서 정답지를 보고 있으니 동료가 다가왔다.

"미도리1초메 교차로는 어디냐는 문제 있었죠? 미도리라서 시골이겠거니 하고 썼더니 도쿄에 있는 료고쿠였네요. 까맣게 몰랐어요."

그리 말하고 웃던 그는 이와테현 출신으로, 도쿄로 나온 건 불과 1년 전이었다.

통째로 외우는 작전이 성공한 나는 이 시험에 한 번에 합격했다. 참고로 이와테 현 출신의 그도 멋지게 한 번에 시험을 통과했다. 이것으로 마침내 택시기사로서의 출발 지점에 서게 되었다.

정직원이 되기 전에는 관문이 하나 더 있었다. 임시채용 기간이었다. 실제로 영업을 해봤을 때 한 달 동안에 규정된 수입을 올리지 못하면 정사원이 될 수 없다. 반대로 일정 수입을 내면 임시채용 기간이 단축되어 정사원이 될 수 있다. 벌어들이는 능력을 실전에서 검사하겠다는 것이다. 그리하여 우리 신입은 필사적으로 손님을 찾아다녔다.

　동기들 중에는 손님도 타지 않았는데 미터기를 눌러서 그 요금을 자비로 충당하라고 가르쳐주는 사람도 있었다. 그는 1만 엔을 충당해도 60퍼센트(6000엔)가 돌아오니 4000엔은 정사원이 되기 위한 필요경비라고 말했다. 자비로라도 실적을 올려서 얼른 정사원이 되어 돈을 벌어들이기 위한 눈물겨운 작전이었다.

첫 승차
「 구깃구깃한 셔츠를 입은 반장은 강력한 아군 」

　내일이 첫 승차라고 생각하자 잠이 좀처럼 오지 않았다. 초등학교 때 소풍 전날에 기대돼서 잠을 설친 것과는 달랐다. '손님이 말하는 장소를 모르면 어쩌지'라든가, '이상한 손님과 엮이면 어쩌나'라든가, 나쁜 상상만 하게 되었다.

　몸부림치며 괴로워하는 동안에 '그래봤자 죽지는 않겠지'라고 생각을 고쳐먹었다. '그래, 나는 이제 쉰이다. 지금까지 다양한 경험을 하며 단맛이고 쓴맛이고 다 봤지'라고 대담해졌다.

　당일, 정시인 7시보다 20분 정도 전에 출근했다. 내가 긴장했다는 걸 명백하게 알 수 있었다.

첫날만 베테랑 직원인 반장[1]이 하루 종일 조수석에서 서포트하게 되어 있었다. 그런데 동승 예정이던 반장이 좀처럼 출근하지 않았다. 사무직원이 "첫날부터 죄송해요. 아무래도 연락이 잘못 간 것 같아요. 조금만 더 기다려주세요"라고 사과했다. 긴장이 풀리지 않은 채 반장이 도착하기를 기다렸다.

40분 정도 늦게 출근한 반장은 나와 동년배였다. 마른 몸에 구깃구깃한 와이셔츠를 입고 "이 시간인 줄 몰랐수다. 미안하게 됐수"라고 가벼운 어조로 말하면서 조수석에 탔다. 왠지 못 미더웠다.

"어디로 가고 싶어요?"라고 물어와서 "하네다 공항[2]까지 가는 길을 외우고 싶네요"라고 전해 하네다 공항으로 향했다.

일단 회사를 나갔더니 이제 어디서 손님이 타더라도 이상하지 않았다. 도로 위 사람들의 거동을 확인하면서 운전했다. 손님을 놓쳐서는 안 된다고 생각해서 주의가 산만해졌다. 도로도 지리시험과는 전혀 다른 풍경으로 보였다.

주오구에 들어서자 도로가에서 남성이 손을 드는 게 보였다. 첫 승객은 40대로 보이는 샐러리맨이었다.

---

1 입사해서 일정기간이 지난 베테랑에게 회사가 부탁하면 '반장'이 된다. 기사 일도 겸하고 있어서 수당은 쥐꼬리만 하다고 들었다. 신참 택시기사의 업무 상담을 들어주거나 사고현장에 달려가거나 현장에서 지도를 하는 등 힘들 것 같았다.

2 도쿄의 택시기사라면 반드시 가는 장소이다. 하루 종일 하네다를 전문으로 일하는 기사도 있다. 하네다에서 기다리는 건 물론 장거리 손님이다. 하지만 이곳은 손님을 기다리는 줄이 길다. 기다리던 승객의 행선지가 가까운 거리인 시나가와면 낙담하게 된다.

"어라, 두 사람이네요?"라고 말하는 승객에게 "네, 연수 중이라 서요. 민폐를 끼쳐서 죄송하지만 협력해주시겠어요?"라고 반장이 대답해주었다.

남성 승객은 "기사님들 회사는 늘 이용하는데 두 분인 건 처음이네요. 오늘은 운이 좋은 건가?" 하고 농담을 던져 분위기를 풀어주었다.

회사를 나오고 나서 쭉 긴장하고 있었는데 그의 농담에 상대는 모두 인간이라는 생각이 들어 어깨에 들어간 힘이 조금 빠졌다.

하네다 공항까지 이동한 후에 다시 도심으로 돌아와 손님을 몇 분 더 태웠다.

니혼바시에서 승차한 손님이 "혼고의 이키자카[3]까지요"라고 말했다. "네. 알겠습니다"라며 매끄럽게 달리기 시작한 건 좋았지만, 들어본 적 없는 지명이었다.

내가 반장의 얼굴을 엿보자 반장은 손님에게 보이지 않도록 손가락으로 '우측' '좌측' '직진'이라고 길을 안내해주었다.맨 처음에는 못 미덥다고 여긴 반장이 갑자기 믿음직한 아군으로 느껴졌다. 역시 베테랑은 다른 것이다. 순간적인 대처에 감탄했다. 그건 그렇고 나도 그처럼 능숙하게 대응할 수 있는 날이 오긴 할까.

---

3 지리시험에 합격하기 위해서 도내의 중요한 지명은 머리에 철저하게 주입시켰다. 그런데도 손님은 이렇게 소소한 지명까지 운전기사가 당연하게 알고 있다고 생각한다. 이 직업은 상당히 힘들구나 싶어서 위축되었다.

아침부터 저녁까지 쉬지 않고 내내 일을 했다. 이래도 되는 건가 생각하던 중에 반장이 갑자기 떠올랐다는 듯 "어라? 밥 먹는 걸 깜박했네? 미안하구려"라며 웃었다.

반장의 안내로 도요초의 식당으로 향했다. 식당에 들어서자 반장은 아는 사람으로 보이는 수많은 택시기사와 인사를 나누었다. 택시기사가 가는 단골 식당[4]은 저렴하고 맛있다는 말을 들은 적이 있다. 소문대로의 가게였다.

오후 11시에 퇴근해서 그 후에 거치는 절차를 배우고 끝났다. 원래는 아침 7시에 시작하면 종료는 심야 1시다. 이 시점에 이미 기진맥진했던 나는 이런 격무를 한 주에 몇 번이나 반복할 수 있을지 다시 불안해졌다.

피곤하고 불안했던, 터무니없이 긴 첫날이 끝났다.

---

4 택시기사는 저렴하고 맛있는 식당을 알고 있다. 하지만 근래에 주차위반 단속이 엄격해져서 가게 안에서 차가 보이는 식당, 주차장이 있는 식당에만 주로 가게 되었다. 예전에는 순찰차가 사전에 충고를 했지만 지금은 인정사정없이 딱지를 끊는 시대다.

처지에 대한 이야기
「 소규모 도매상의 비극 」

첫 승차 때로부터 휴일이 낀 이튿날. 이날부터 드디어 혼자서 영업을 나서게 되었다.

회사를 나갔을 때 조수석에 반장이 없는 게 이렇게 불안할 줄이야. 중요한 사람을 잃은 듯한 상실감마저 느꼈다. 잠시 달리자 도로에서 손을 들고 있는 여성이 보였다. 어쩌나 싶었지만 어떻게 하느냐 마느냐가 문제가 아니라 태우지 않으면 승차 거부가 된다. 나는 긴장하면서 천천히 다가가 문을 살며시 열었다.

손님이 말한 목적지는 다이토구의 미노와로, 다행히 아는 장소라서 마음을 푹 놓았다.

"실은 제가 이 나이에 택시 운전을 갓 시작했는데 첫 손님이세요"라고 말하니 "럭키"라며 손뼉을 쳐주고 기뻐해주었다. 밝고 흥겨운 손님이라서 다행이었다.

"왜 택시기사가 되셨어요?"라는 질문을 받았다.

이 나이에 택시기사가 됐다고 하면 그 이유를 질문받게 되리라고 생각했다. 분명 앞으로도 이런 질문[1]을 많이 받게 될 것이다. 손님에 따라 내용이나 세부 사항을 구분하자고 생각했지만, 진실을 말할 작정이었다. 그 손님에게 있는 그대로 말했다.

내가 지금까지 해왔던 일은 일용품과 잡화 도매상[2]이었다. 원래는 아버지가 일으킨 사업으로 당연히 나는 그 뒤를 잇는다고 생각했다.

나와 아내, 부모님, 그리고 도와주는 한 농가의 남성(그는 모내기, 추수와 같은 농번기에는 쉬었다)까지 해서 총 5인 체제로, 작지만 주식회사가 되어 아버지가 사장이고 나는 전무였다.

---

1   택시기사가 된 사연을 실패담을 섞어서 말하면 만족스러워하는 반응을 보이는 사람도 있다. 오히려 정말로 걱정스러운 듯 자신의 일처럼 들어주는 사람도 있다. 그 반응은 십인십색이라 참으로 흥미로웠다.

2   각 회사에서 상품을 들여와 개인상점, 병원, 학원 등에 납품을 했다. 남는 이익이 적어 먹고 살기에 바빴다. 당시에는 단골에게 자금을 회수하는 건 백중과 세밑, 두 철이라는 관습도 남아 있어서 담보가 없는 사금융이기도 했다.

우리 같은 소규모 도매상은 개인상점을 상대로 장사를 했다. 하지만 1980년대부터 급격하게 진행된 유통업계의 변혁으로 거래처였던 개인 상점의 대부분이 도태되었다. 이윽고 유통까지 끌어안은 편의점이나 마트가 주류가 되어 도매상 무용론이 현실화되기 시작했다. 우리처럼 영세한 도매상[3]은 도태되어 필요 없게 되는 것도 당연한 흐름이었다.

그렇게 한창 쇠퇴하던 차에 맞이한 게 거품 경제였다.

아버지는 가업이 설 자리를 잃어가자 주식을 시작해 거금을 손에 넣었다. 맨 처음 몇 년 동안 주식 투자는 잘되었다. 아니, 아버지가 한 주식 투자가 잘 풀린 게 아니었다. 누가 해도 주식으로 돈을 벌 수 있는 시대였던 것이다.

부풀어가던 거품 경제가 붕괴하자 그때까지 쭉 플러스였던 게 단숨에 마이너스로 전환되었다. 그걸 어떻게든 만회하려고 투자에 몰두한 아버지는 상처만 더욱 곪아갔다.

회사와 자택을 겸했기에 그 결과 저택 부지와 직업 전부를 잃었고, 그런데도 변제하지 못한 거액의 빚이 남았다. 가업이 도산하고 수많은 거래처[4]에 민폐를 끼쳤다.

---

3 가게 규모가 작고 대량으로 상품을 들여놓을 수 없어서 원가가 아무래도 큰 도매상보다 비쌌다. 사업을 접을 때쯤에는 마트 전단지에 나온 가격이 우리 원가보다 저렴한 역전 현상마저 일어났다. 이래서는 경영이 불가능하다.

4 거래 금액이 컸던 회사 사장에게 사정을 말하고 부탁해서 청구액(상품대금) 180만 엔을 바로 이체받아서 생활자금으로 일부 사용했다. 계좌에서 그 금액을 확인했을 때 사장의 인정에 감사하는 동시에 내일부터 한동안은 먹고 살 수 있다고 내심 안도했다. 오늘내일 먹을 쌀 한 톨도 아쉬운 때였다.

돈이 없으니 '가난해지면 아둔해진다'는 말대로 모든 생각이 부정적이게 되었다. 내일 일도, 1년 후, 10년 후도 알 수 없었다. 앞으로 나쁜 일만 일어날 것 같았다. 우리 일가는 그 동네에서 살 수 없게 되어 도망치듯이 도쿄 가쓰시카구 다테이시[5]로 이사했다.

한창 도산 소동이 일어나던 중에 아내까지 얽히게 만들 수 없어서 내가 먼저 이혼하자며 처가로 돌아가라고 했다. 아들은 당시에 대학교 기숙사에 들어가 있어서 이 어수선한 일을 직접 보지 못한 게 그나마 위안이었다.

나는 대학생인 아들과 나이든 부모님, 세 사람을 부양해야 했다. 쉰에 특별한 자격증도 이력도 없던 나에게 이 직업만 남아 있었다.

내 사연을 대략 말하자 손님은 이렇게 말하며 동정해주었다.

"기사님 괜한 걸 물어서 죄송해요. 버거울지 몰라도 앞으로도 힘내세요."

택시에 탔을 때는 밝았던 그녀가 180도 달라져 침울한 표정을 지었다. 나는 이런 이야기를 들려준 걸 사과했다.

손님 중에는 택시기사가 된 계기를 집요하게 물어오는 사람도 있다. 남의 불행이 꿀맛 같아서 자신은 그렇지 않다는 사실을 다시금 확인하고 싶은 걸 테다.

'가마를 타는 사람, 짊어지는 사람, 그 짚신을 짜는 사람'이라는

---

5 가능한 한 저렴하게 살 수 있는 곳을 찾아보니 우연히 그 단지가 비어 있어서 이사했다. 도심과 시골 사이에 있는 번화가로 나한테는 잘 맞았다.

말이 있다. 세상에는 직업이 다양하다는 사실을 나타낸 말이지만, 직업마다 그 사연의 차이가 있다는 것 또한 엄연한 사실이다.

첫날 영업 수익은 3만 엔을 조금 넘었다.

영업을 마치고 돌아온 후 사무직원인 야마다 씨에게 "첫 승객이 여성[6]이면 좋은 거예요. 우치다 씨는 운이 좋네요"라는 소리를 들었다. 첫날 기진맥진한 채 돌아온 나를 격려하려고 해준 말일 테다. 완전히 지친 몸과 마음에 그 다정함이 스며들었다.

---

6 남성 승객보다 여성 승객이 트러블을 일으키는 경우가 압도적으로 더 적다. 특히 연배가 있는 아주머니나 허리가 굽은 할머니는 거의 안전하다. 그 대신 그 승객들은 근거리 손님이다. 일장일단이 있다는 것이다.

수입의 60퍼센트
「 모르는 룰만 가득한 업계 」

이 업계에는 이전에는 몰랐던 다양한 룰이 있다.

'도쿄특별구' 말고 다른 장소에서는 손님을 태울 수 없다. 이게 영업 구역이다. 하지만 도내에서 도외로 손님을 태워다주고 돌아오는 길이라면 '도쿄특별구' 이외에서 손님을 태우고 도심으로 돌아와도 상관없다. 또한 승차하는 택시는 기사 둘이서 교대로 사용한다. 장거리 손님으로 배차가 늦어지면 상대[1]는 그 택시의 엔진을 쉬게 할 틈도 없이 서둘러 출발해야 한다.

---

1 입사해서 처음 몇 개월은 자신이 담당하는 택시가 없어서 당일 출근해야 그날 타는 차를 알았다. 얼마 지나지 않아 사고나 트러블을 일으키지 않으면 담당하는 차를 정해주며, 한 대를 둘이서 교대로 사용한다.

출근을 '당번'이라고 해서 기본적으로 한 달에 12일 당번을 맡는다. 12일이라면 신선놀음 같은 일이라고 여겨지겠지만, 한 번 당번을 맡을 때 18시간 동안 근무해야 하니 일반인이 하는 8시간 근무의 이틀치다. 하지만 18시간[2] 중 내 경우, 손님을 태우는 건 고작 5~7시간 정도다. 빈차로 달리는 '허탕'은 시간도 연료도 헛되이 보내는 공짜로 일하는 시간이다. 손님을 태우는 비율을 높이면 좋겠지만, 이건 그리 간단하지 않다.

근무 중 휴식시간은 정해져 있고 기록이 남으므로 규정대로 쉬어야 한다. 밤 근무의 성패가 수입에 크게 영향을 주기 때문에 낮에 확실히 쉬고 밤에는 손님을 찾으러 도내를 빙글빙글 돌며 일을 몰아서 한다. 하루 주행 거리는 300킬로미터 정도가 된다.

일반적으로 이른 아침에 출고해서 심야에 귀고한다. 귀고하고 나서도 납입, 일지 제출, 좌석 시트 교환, 세차…로 일은 이어진다.

그날 수입의 60퍼센트[3]가 기사의 몫이 된다. 수입이 5만 엔이라면 몫은 3만 엔이다. 한 달에 열두 번 근무하니 월 수익 36만 엔이된다(여기서 세금 등이 빠져나가니 실수당은 더 줄어든다). 벌어들인 만큼 자신의 수입으로 직결된다. 개인사업자와 다를 바 없다. 다만 이 5만 엔이라는 게 나에게는 상당히 어려운 기준이었다. 매

---

2 18시간 근무라면 그중 휴식이 3시간 포함되어서 실제로 일하는 시간은 15시간이다.

3 이 비율은 택시 회사마다 다르다. 그날의 영업 수익이 높으면 몫이 많아지고 낮으면 적어진다. 당시에는 영업 수익이 4만 8000엔 이상에 63퍼센트였다. 중소기업 중에는 65퍼센트인 회사도 있는 모양인지 그곳으로 옮긴 사람한테서 "우리 몫이 많으니 이리 오는 게 어때?"라고 제안을 받았다.

일의 영업 수익에 대해서는 차차 이야기하고자 한다.

귀고 후 자신이 탔던 차는 반드시 세차를 해야 한다. 더구나 기본 손세차[4]로 물 한 방울도 남겨서는 안 된다는 규칙이 있었다.

입사하고 얼마 지나지 않아 내가 세차한 차에 탄 기사에게 "달리기 시작했더니 앞유리에서 물이 흐르더라니까"라는 주의를 받았다. 다음에 타는 게 자신이라면 부실하게 할 수 있겠지만, 세차 후 바로 타인이 탄다고 생각하면 허투루 할 수 없다.

한겨울에는 근무 후 지칠 대로 지쳐서 차가운 물에 손을 시려워하며 하는 작업은 참기 힘든 법이다. 그럴 때는 세차를 전문업지에게 위탁한다. 회사 바로 옆에 세차장이 있는데, 택시 회사만 믿고서 밤중에만 영업하고 있었다. 심야에 택시 한 대만 한 공간이 있는 가게의 셔터를 열고서 젊은이들이 차체, 타이어, 앞유리, 차내 등 각각 장소를 담당하여 능수능란하게 작업을 해준다. 불과 5분이라는 눈 깜짝할 시간에 끝난다. 한 번에 1000엔이었다.

나는 어느 정도 수입이 올랐을 때는 이 업자에게 세차를 의뢰했다. 영업 수입이 오르지 않았을 때는 이 1000엔마저도 아까웠다.

---

4 회사 옆에 있는 주유소에도 세차기계가 설치되어 있다. 이곳은 300엔이었다. 하지만 작은 흠집이 생기기 쉽다는 이유로 우리 회사는 원칙적으로 사용을 금지했다.

여성 택시기사
「 우리 여성 기사님들은 한 터프 해요 」

내가 배속된 건 아다치구 센주 영업소[1]였다. 이 영업소에는 택시가 500대가 넘고 사무원까지 포함하면 1000명 정도가 근무하고 있었다. 하지만 택시기사끼리는 서클활동이나 조합으로 엮여 있지 않으면 접점이 적다. 아침에는 같이 조례를 하며 나란히 서 있지만 귀가는 저마다 달라서 재적하고 있어도 인사 정도 나누는 사람만 많았다. 만나면 잡담을 나눌 정도로 친해진 사람은 20명 정도였다.

영업소에는 수면실, 식당, 목욕탕도 갖춰져 있었다. 목욕탕은 각자가 목욕통, 비누, 샴푸 등을 지참해서 이용하는 모양이었다.

---

1 택시 회사 영업소는 개인택시도 포함해서 아다치구, 가쓰시카구, 에도가와구 등 비교적 땅값이 저렴한 장소에 모여 있다.

'모양이었다'라는 건 실은 나는 한 번도 이용하지 않아서였다. 집이 가까웠기도 하지만, 하루 종일 땀을 흘리고 먼지구덩이에 있던 남자들이 들어가는 탕에 몸을 담그는 데 거부감이 있었다.

회사에서 한번, 비용 절감 일환으로 목욕을 샤워로만 한정하고 탕을 철거하자는 이야기가 나온 적이 있다. 그러자 즉시 운전기사 조합[2]에서 우리 사정을 이해해주지 않는다, 샤워만으로 피로가 풀리지 않는다, 한겨울에 샤워만 하면 감기에 걸린다며 맹렬히 반대해 그 건은 무산되었다.

그건 그럴 테다. 18시간이나 운전석에 계속 앉아서 일하고 그 뒤에 들어가는 탕(나 같은 경우에는 집에 있는 욕조였지만)에서 느끼는 상쾌함은 무엇과도 바꿀 수 없다. 기사 중에는 도치기현에서 통근하는 사람도 있어서 일을 마치고 한 차례 목욕을 하고 싶은 심정은 깊이 이해한다.

동기 중에 여성이 세 명 있었다. 그중 한 명인 마에지마 씨는 40대 싱글맘으로 초등학생 아들을 키우면서 일하고 있었다. 예전 직업까지는 묻지 않았지만, 분명 어느 정도 수입을 얻기 위해 어쩔 수 없이 이 일로 이직한 것으로 보였다. 그녀가 일지[3] 제출 후 먹구름이 낀 표정으로 나에게 말을 걸었다.

---

2 사내에는 두세 개의 조합이 있으며, 입사 때 둘 중 하나라도 들어가야 한다는 말을 들어 깊이 생각하지 않고 회사 측과 가깝다고 여긴 조합에 들어갔다. 나는 전혀 활동하지 않고 매달 회비 100엔만 지불했다.

3 기사가 의무적으로 제출해야 하는, 하루 종일 한 모든 작업을 쓴 보고서. 타고내리는 시간, 승차 장소, 하차 장소, 승차 시간, 전 주행 거리, 실차 거리, 일 횟수 등을 기록한다. 처음에는 손으로 썼지만, 후에 그날의 승차기록이 자동으로 인쇄되는 '자동 일지'로 바뀌어서 수고를 크게 덜었다.

"오늘 우에노에서 태운 남자 승객이 운전 중에 조수석으로 몸을 쑥 내밀어 얼굴을 가져다대는 거예요. 그러더니 '이대로 나랑 어디 안 갈래?'라고 했고요. 근무 중이라서 안 된다고 거절했는데, 그 뒤에도 쭉 집적대서……. 짜증나서 못 살겠어요."

마에지마 씨는 쇼트커트를 해서 나이보다 훨씬 젊어 보였다. 여성 운전기사는 자주 이런 성희롱을 경험한다.

"그 짜증나는 변태 영감탱이. 또 타기만 해봐라 가만 두지 않겠어 하면서 내려줬어요."

그녀는 가슴에 내내 품고 있던 울분을 누군가가 들어주기를 바랐을 테다.

남녀 차이는 있지만, 택시기사는 다들 많든 적든 꺼림칙한 경험을 한다. 동료에게 말해서 이해를 받으면 조금은 스트레스가 해소된다.

"다음에 우에노 그 녀석을 발견하면 차로 들이받아."

나는 마에지마 씨를 위로하듯이 그리 말했다.

"네. 꼭 들이받을 거예요. 들이받아 저세상으로 보내버리죠 뭐."

농담이라고는 할 수 없는 진지한 눈빛이었다.

사무직원인 야마다 씨로부터 "우리 여성 기사님들은 얌전해 보여도 다들 한 터프 해요"라는 말을 들었다. 매일 여성 기사들[4]을 접

---

4 여성 기사들 중 미인이 한 명 있었다. 승객한테도 인기가 많아 단골이 있었다. 어느 날 그녀가 도저히 출근

하고 있던 그의 소감이었다.

분명 이 일로 생계를 꾸려나가려 한다면 겁이 없고 소신이 확고하지 않으면 힘들 테다.

할 수 없어서 어떤 승객을 내가 맡았다. 그녀의 단골 승객으로, 하네다공항에서 메지로에 있는 자택까지 태우는 일이었다. 하네다에서 그 남성 승객에게 "오늘은 대리로 제가 왔습니다"라고 말하자 나를 보고 노골적으로 낙담했다.

신입입니다

「 혀를 끌끌 차고 싶은 심정 」

손님이 승차했을 때 "신입입니다. 잘 부탁드립니다"라고 인사를 한다. 신입이니 도로 사정을 몰라도 어쩔 수 없다고 생각해주기를 바라는 변명, 예방책이기도 하다.

반응은 몇 가지로 나뉜다.

흔한 건 "헉, 무서워라. 운전 괜찮겠어요?"이다. 이건 어쩔 수 없다. 내가 승객이라도 같은 심정일 테다. 하늘의 별의 숫자만큼 택시가 있는데 하필이면 자신이 잡은 게 신입이 모는 택시라니 운이 지지리도 없다. 베테랑 택시기사라면 일일이 안내하지 않아도 목적지까지 안심하고 맡길 수 있는데 말이다.

"신입입니다."

새내기 시절 승객이 말한 목적지를 모르겠다고 전하자마자 "그럼 내릴게요"라는 소리를 하고 손님이 내려서 가버린 적이 있다. 미터기는 작동했기에 기본요금을 자비로 충당했다. 그에 넌더리가 나서 이후에는 "잘 모르겠는데 괜찮으신가요?"라고 전하고 승낙을 얻은 뒤에 미터기를 작동하게 되었다.

"쳇, 일진이 나쁘네"라고 노골적으로 불만을 드러내는 승객도 있다. 택시에 초보 운전자 표시는 붙어 있지 않으니, 타보고 비로소 신입이라는 사실을 안 것이다. 혀를 차는 사람의 심정도 모르는 건 아니다 가령 초보 표시를 붙인 택시가 있다면 타는 사람이 우선 없을 테다.

입사한 지 한 달 정도 지났을 때 아침조로 출근하자 사무직원이 손님의 성함과 주소가 적힌 예약표를 건네주었다.

"유텐지의 기노시타 님 댁으로 가주세요. 거기서부터 신주쿠역까지 가면 돼요."

그쪽 방면은 전혀 모르지만 가는 수밖에 없었다.[1]

간신히 유텐지에 도착해 승객을 태우고 당초의 지시대로 신주쿠역으로 향하려고 했지만, 어째서인지 고마자와도리와 반대쪽인 고마자와 올림픽 공원 방면으로 가고 말았다. 도중에 알아차리고서

---

[1] 그는 '운전기사라면 아는 게 당연하다'는 얼굴이었다. 신참인 나는 '그쪽 방면은 잘 몰라서요'라는 말을 꺼낼 만한 분위기가 아니었다.

바로 유턴해 신주쿠 서쪽 출구로 향했다. 승객은 그곳에서부터 11시에 출발하는 나리타공항행 버스를 타야만 비행기에 늦지 않는다고 해서 마음이 다급했다.

손님도 초조해하고 있었지만, 나는 그 이상 다급했다. 반드시 몇 시까지 가야 하는 일은 이때가 처음이었고 역방향으로 달린 건 내 실수였다. 만에 하나 늦으면 그대로 나리타공항까지 자비로 직행하는 수밖에 없다고 각오를 다졌다. 신호가 바뀌는 사이에도 억지로 끼어들어 우측으로 좌측으로 추월해서 몇 대나 제쳤다. 간당간당하게 교통위반을 면했고 아슬아슬하게 과속운전으로 간신히 시간에 맞췄다. 이런 일이 반복되면 정신적으로 좋지 않다. 나는 한시라도 빨리 도내 길을 숙지하고 싶었다.

택시기사가 되어 처음 몇 개월 동안 휴일에 시내버스를 타고 여기저기를 돌아다니며 길을 외웠다. 시내버스는 같은 루트라면 어디까지 가도 요금이 동일해서 온종일 시내버스를 타고 그 경로를 확인하면서 기억해나갔다. 긴시초역 앞에서 도쿄역 마루노우치 북쪽 출구, 기타센주역 앞에서 고마고메병원 앞 등의 경로를 확인하면서 어디에서 어떤 도로와 교차하는지를 머릿속에 철저히 주입시켰다. 아무리 멀어도 요금이 올라가지 않아서 안심하고 종점까지 지도를 손에 들고 차창에서 경로를 확인했다. 도쿄역 남쪽 출구에서 도도로키계곡 근처까지 간 적도 있었다.

처음에는 도내 도로를 외우고 싶다는 일념으로 시작했는데, 그 사이에 도내를 도는 게 즐거워졌다. 그러자 도내의 도로들이 머리에 들어오게 되었다. 이건 승객을 위해서이기는 하지만 나를 위해서이기도 했다. 길을 숙지하고만 있어도 고객과 하는 소통이 달라진다. 조금이라도 기분 좋게 일을 할 수 있기를 바랐다.

승객을 태우고 불안하게 운전해서 갔던, 잘 모르는 목적지를 동종업자들은 어떻게 달리는지 알고 싶어서 굳이 그 장소에서 택시를 타기도 했다. 베테랑으로 여겨지는 선배 기사들이 달리는 경로를 보고 과연 대단하다며 깊이 납득했다. 지출은 컸지만, 나를 위한 수업료였나.

모르는 경로를 확인하고 싶어서 승차한 택시가 신참인 경우도 있었다.

"신입인데 도로 안내를 부탁드려도 될까요?"

나 역시 혀를 차고 싶은 심정이었다.

프로니까

「 나더러 길 안내를 하라는 거야? 」

그렇게 도내 길을 한창 외워가던 중에 나는 평소처럼 JR우에노 역 앞의 환락가에 도착했다. 시각은 오후 11시를 넘었고 상가빌딩에서 4~5명의 여성에게 초로의 남성이 배웅받으며 나왔다. 그중 한 호스티스가 이쪽으로 달려와서 "샤쿠지이까지 가주세요"라고 말했다.

샤쿠지이라……. 여기서 어떻게 가야 하는지 잘 몰랐다. 그런데도 손님한테 물으면 어떻게든 되겠지 하는 생각으로 태웠는데 그 판단은 섣불렀다.

남성이 택시에 탄 타이밍에 나는 물었다.

"죄송합니다. 아직 신입인데 가는 길을 알려주실 수 있을까요?"

그러자 조금 전까지 호스티스들과 이야기하면서 신나하던 남성의 표정이 180도 달라졌다.

"뭐야. 여기서부터 나더러 길 안내[1]를 하라는 거야?"

"아닙니다. 길을 잘못 들면 안 되니 가르쳐주시면 정말 감사합니다만……."

"당신 프로잖아. 프로니까 손님의 의뢰에 응하는 게 당연하지."

그런 소리를 들으니 하는 수 없었다. 나는 기억을 더듬어 방향을 추측해가며 차를 몰았다. 그러자 차 안에서 남자의 설교가 시작되었다.

"그건 그렇고 길도 모르는 사람한테 영업을 시키는 회사는 용납할 수가 없어. 당신한테 불만 있는 거 아니야. 이런 상태인 사람한테 택시를 몰게 하는 그런 회사 사장한테 하는 소리지."

하는 말이 분명 틀리지 않았기 때문에 완전히 주눅이 들었다. 달린 지 45분 정도가 지났을 무렵에 우연찮게도 야하라의 가스탱크[2]가 눈에 들어왔다.

예상했던 방향으로 차를 몰았던 게 틀리지 않았다. 나는 가슴을 쓸어내렸다. 메지로도리 길가에 위치한 야하라의 원형 가스탱크는 운전자에게 있어서 반가운 상징물이었다. 그러자 남성은 이 부근

---

1   내가 입사했을 때는 차에 내비게이션이 없었는데, 몇 년 지나 내비게이션이 탑재되었다. 베테랑 기사들은 '정밀도가 떨어져서 쓸모가 없다'고 했지만 나는 크게 도움을 받았다.

2   도쿄가스 네리마 정압소의 가스탱크. 네리마의 상징적인 존재다.

이 타협점이라고 생각했는지 "당신 덕분에 술이 확 깼어"라면서 드디어 길을 안내하기 시작했다.

무사히 네리마의 샤쿠지이 자택에 도착하고서 "상황이 이러했으니 택시비는 안 받겠습니다"라고 사과했다.

"평소보다 좀 많이 나왔지만 그거랑 이건 별개지. 지불 안 할 순 없잖아."

그리 말하고 남성은 불쾌해하면서도 택시비를 정확하게 계산하고 내렸다. 나는 이대로 끝낼 수는 없다고 생각해서 택시에서 내려 뒤를 쫓았다.

"기껏 즐거운 시간을 보내셨는데 제 부족함 때문에 불쾌하게 만들어서 정말 죄송합니다."

그러자 남성은 내 얼굴을 바라보더니 말했다.

"아무래도 정말 길을 몰랐던[3] 모양이군. 모르는 척해서 멀리 돌아가려는 줄 알았더니. 당신도 그 나이에 이 일을 시작한 이유가 있겠지. 나도 술이 들어가서 말이 조금 지나쳤을지도 몰라. 앞으로도 여러 일이 있겠지만 힘내슈."

그리 말하고 내 손을 잡더니 악수해주었다.

나는 예상외의 말에 당황했다. 하지만 성의를 가지고 대하면 이

---

3 전직 트럭 운전기사였던 선배는 "간토라면 모르는 곳이 없어. 지도 없이도 어디든 갈 수 있지"라고 호언장담했다. 그 선배로부터 '이 직업은 길만 외우면 나쁘지 않다'고 귀에 딱지가 앉도록 들었다.

해해주는 경우도 있는 법이다. 당연하지만 이 세상에는 나쁜 사람만 있는 게 아니다. 그걸 실감한 뒤 나는 평소보다 고양된 기분으로 귀고했다.

　나는 이 일을 계속해나갈 자신감이 조금 생겼다.

성적 우수자들
「 능구렁이의 가르침 」

매달 영업소의 택시기사 전원의 성적표(매상 순위)[1]가 풀네임으로 복도에 붙는다. 역시 내 순위가 신경 쓰이는 게 인지상정이다. 나의 수입(영업 이익)은 물론 파악하고 있지만, 기준이 되는 평균치도 알고 싶다. 그리고 내 순위가 어느 정도 되는지 확인하고 싶었다. 그래서 성적표가 붙으면 나는 바로 확인했다.

평균치보다 상위면 회사의 발목을 붙잡지 않았다는 사실에 마음을 푹 놓았고, 평균을 밑돌면 기가 죽는다. 내 성적을 말하자면 평

---

1 약 1000명 있는 기사의 이름과 월 영업 수익을 한 달간 누구나 볼 수 있도록 공개한다. 몇 년인가 지나자 그 달의 영업 수익에서 미루어보아 넓은 종이 어느 부근에 자신의 이름이 적혀 있을지 예상할 수 있게 되었다.

균을 왔다 갔다 했다. 그와 동시에 동료의 이름도 신경이 쓰인다. 그 사람이 나보다도 상위인지 하위인지, 내 월급과는 상관없다고 생각해도 마음속으로 '이겼다' '졌다'며 일희일비하게 된다.

상위인 사람들과 하위인 사람들은 늘 거의 같은 멤버였다. 기사는 1000명이나 있기 때문에 이름만으로 얼굴을 떠올릴 수 있는 사람은 아주 적지만, 땅딸막하고 까까머리를 한 가지마 씨는 늘 상위 그룹에 있었다. 나이는 일흔 전후이며, 눈이 가느다랗고 복서처럼 코가 펑퍼짐하다. 키는 150센티미터 전후밖에 안 되는데, 그 콤플렉스로 이 일을 선택한 게 아닐까 실례되는 상상을 제멋대로 하고 있었다.

가지마 씨는 조례 시간에 늘 제일 앞줄에 선다. 이유는 조례 후에 운전자증을 1등으로 받기 위해서다. 그게 없으면 출고할 수 없고, 꾸물대다가 출고가 늦어지면 구내에서 순서를 기다려야 한다. 500대 중 50대 정도가 일제히 거리로 나가기 때문에 그것만으로 30분 정도 시간을 손해 보게 된다. 쓸데없는 시간의 손실을 막기 위한 가지마 씨의 대책인 것이다.

가지마 씨는 조례 중에 눈에 띄는 제일 앞줄에 있으면서도 아침 인사, 사훈 등을 복창하지 않는다. 목소리도 내지 않고 다른 쪽을 쳐다보고 있다. 그런 바보 같은 짓을 내가 하겠냐고 말하는 듯한 태도다. 다른 사람이라면 반드시 사무직원에게 주의를 받는다. 하지만 그는 영업 성적이 뛰어나게 좋은 데다 이 영업소의 능구렁이

이기도 해서 직원도 그를 보고서 못 본 척했다.

가지마 씨한테서는 잡담을 나누면서 일하는 방식을 배웠다.

"우선은 자신 있는 지역을 정하고 그 장소에 훤해야 해. 거기를 기점으로 동서남북 어느 길이 베스트인지를 외워두면 차분하게 일을 할 수 있지."

가지마 씨한테 배운 것은 많다. 손님이 있을 거라 생각되는 장소에 누구보다 빨리 갈 것. 당연하지만 조금 전에 언급한 조례 때처럼 그도 이 원칙을 반드시 지키고 있었다.

손님이 있는 장소는 어디일까?

오전 중에는 안[2]으로 향하고 점심에는 주택지, 밤에는 번화가이다. 때와 장소를 구분해서 일을 하는 것의 중요성을 가르쳐주었다.

빈 택시의 뒤를 따라가지 않는 것은 당연하고 신호 등으로 인해 그런 상황이 펼쳐지면 바로 차선을 변경해야 한다. 업계용어로 '아오탄[3]'이라고 불리는 심야할증 시간대에 얼마나 효율적으로 일을 할 수 있는지가 수익 향상의 비결이라고 배웠다.

도쿄 사투리로 단호하게 말하지만 결코 거만하게 나오지 않았고 이상한 자만을 부리지도 않았다. 그래서 그의 충고를 순순히 들을 수 있었다. 가지마 씨를 나는 남몰래 존경하고 있었다.

하나오카 씨도 상위 그룹의 단골이었다. 가지마 씨와는 대조적으로 키가 180센티미터를 훌쩍 넘는 대장부[4]였다. 다만 그는 잡담은 하지만 업무 방식에 대해서는 완고하게 가르쳐주지 않았다.

하나오카 씨가 어디서 어떻게 일을 해서 이만한 영업 수익을 얻고 있나 해서 뒤를 쫓은 적이 있다. 그가 향한 곳은 긴시초였는데, 누구나 무난하게 향하는 장소에서 모두와 마찬가지로 손님을 기다리고 있었다.

---

2 지요다구, 미나토구, 주오구의 오피스가. 나는 오테마치 일대로 향하는 경우가 많았다.

3 할증 시간이 되면 미터기의 표시가 파래지는 것에서 이런 명칭이 붙었다. 도쿄 택시는 22시부터 5시까지 일곱 시간 동안 심야 할증 요금이 붙으며, 그사이에 택시비는 20퍼센트 할증된다.

4 거구인 하나오카 씨도 운전석에 앉으면 그 덩치를 알 수 없다. 한 번 손님에게 생트집이 잡혀 "밖으로 나와!"라는 소리를 들은 적이 있다고 한다. 차에서 내리자 승객은 하나오카 씨의 덩치에 놀라 그때까지 등등하던 기세가 사라지고 장황하게 변명을 늘어놓으면서 제 발로 차 안으로 돌아갔다고 한다.

그에게 듣지는 않았지만 소문으로는 하나오카 씨에게 몇 사람인가 고정 승객이 있다고 한다. 자신의 단골인 장거리 승객을 많이 확보하고 있는 것이다. 몇 번인가 태우는 동안에 그 손님에게 신뢰를 얻어 마음을 사서 회사와는 따로 그의 휴대 전화로 직접 연락을 받게 되었다고 한다. "몇 시에 어디로 와줘요" 하고 연락이 오면 그는 우선으로 그 일을 처리해서 손님과 관계를 맺고 신뢰를 쌓아나간다. 승객은 하나오카 씨를 신뢰하고 목적지까지 안심하고 갈 수 있다. 윈윈 관계[5]인 것이다.

나도 신주쿠에서 가나가와현 지가사키시까지 가는 승객을 우연히 두 번 태운 적이 있다. 두 번째 승차 때 같은 손님이라는 사실을 깨달은 나는 그가 가는 길을 안내하기 시작한 순간 앞질러서 목적지까지 경로를 말했다.

손님은 놀라워했다.

"이야, 전에 탔던 택시군요. 이런 일도 있네요. 그럼 눈 좀 붙일 테니 도착하면 깨워줘요."

손님은 그 말만 했고, 뒷좌석에서 바로 잠자는 숨소리가 들렸다.

무사히 자택 앞에 데려다주고서 택시비를 받을 때 "고마워요. 기사님 명함 좀 주실래요? 기사님이라면 일일이 설명할 필요도 없으

---

5 하나오카 씨는 자신이 근무하는 날이 아니더라도 대리 기사가 있어서 고객에게 받은 의뢰를 거절하지 않아도 되는 시스템까지 만들어냈다.

니 좋을 것 같네요"라는 말을 들었다.

이 일을 시작하고 1년 동안에는 영업 수익이 늘 3만 엔대여서 얄미운 사무직원에게 신입사원 몇 명과 함께 비교당하며 '턱걸이를 면한 신세[6]'라고 놀림받았다. 2년째에 들어서자 나름대로 아이디어를 더하다보니 하루 영업 수익이 다소 상향되었으나 사내 평균 수익이 4~5만 엔을 왔다 갔다 해서 절대 자랑할 만한 숫자는 아니었다. 당시 나의 목표는 하루 근무로 영업 수익 5만 엔을 달성하는 것이었다.

이 손님을 태우면 한 번에 목표액의 40퍼센트를 달성할 수 있다. 이건 크다. 나는 마침내 처음으로 큰 손님을 확보했다는 사실에 가슴이 고동쳤다. 한 주에 한 번도 아니었다. 월에 한 번이라도 감사한 이야기였다. 정중하게 명함을 건넸다. 하지만 그 이후 그 손님에게서 연락은 없었고 다시 만나는 일도 없었다.

손님과 관계를 쌓는 데는 타이밍과 나름대로의 인간미가 필요할지도 모른다.

---

6 영업 수익이 3만 엔이면 내 몫이 약 1만 8000엔이었다. 한 달에 12일을 근무하면 21만 6000엔이었다. 50대 남성의 월수입으로서는 꽤 낮았다.

멋대로 한 착각

「 해도 되는 것과 안 되는 것 」

승차 시에 손님이 목적지를 말한다. "네, 알겠습니다. 어느 길로 갈까요?"라고 묻는다. "기사님께 맡길게요"라고 해도 목적지까지의 경로를 말하고 확인하고서 간다. 몇몇 경험에서 배운 것이었다.

3월 하순, 도쿄역 마루노우치 출입구에서 60대로 보이는 슈트 차림의 손님을 태웠다. "한조몬까지 가주시구려"라는 소리를 듣고 당연한 듯이 사쿠라다라몬 쪽으로 향했다.

보통은 달리기 시작하기 전에 길 방향을 손님에게 확인한다. 하지만 마루노우치 쪽에서 한조몬으로 가는 루트는 황궁을 정면으로 봤을 때 좌회전이 상식이다. 이 부근의 지리도 잘 알고 있을 듯한 남성이었다. 물어보면 오히려 "당연한 걸 묻지 마시오"라는 소리를 들을지도 모른다고 생각하여 그대로 달리기 시작했다.

손님이 도중에 "앗" 하고 소리를 냈다. 신경이 쓰였지만 뭔가 다른 일이라도 떠올랐나보다 정도만 생각했다. 그 이후 승객은 차내에서 시종 아무 말이 없었다.

한조몬 T자로 부근에 도착했다. 손님은 택시비를 내면서 "반대 방향으로 가줬으면 했는데"라고 쓴웃음을 지으며 불평을 부렸다. 이번에는 내가 "아" 하는 소리를 낼 차례였다.

이 시기에 황궁 근처에 있는 지도리가후치 공원에는 벚꽃이 흐드러지게 피어 있다. 공원의 만발한 벚나무 터널은 절경[1]이다. 손님은 분명 그게 보고 싶었던 것이다.

"죄송합니다"라고 사과했다.

"됐어, 됐어요. 미리 말 안 한 내 잘못이지. 그런 말은 안 하면 모르는 법이니까."

그는 그리 말하고 계산을 마치고서 내렸다.

가치도키에서 태운 여성 승객이 "신바시로 가주세요"라고 했다. 달리기 시작하자 "내가 말하는 길로 가줘요"라고 말했다. 승객이 지시하는 길은 명백하게 둘러서 가는 길이었다. 신경이 쓰인 나는 "하루미도리 쪽으로 안 가도 괜찮으시겠어요?"라고 물었다.

---

1 그 외에도 수도고속도로의 레인보우브릿지에서 보는 전망, 밤의 도쿄타워의 조명, 스미다가와 강을 따라 어렴풋이 보이는 벚꽃 등도 절경이라 소소한 부수입거리였다.

"네. 괜찮아요. 이쪽 길을 지나가면 운기가 상승해서 운수가 좋아요. 그래서 가게에 나가기 전에는 이 길로 꼭 다녀요."

거리가 가까운 게 최선이 아니라는 것을 깨달았다. 좋아하는 코스, 좋아하는 길이 있는 승객도 있다. 무슨 일이든 멋대로 착각[2]해서 정해서는 안 되었다.

또한 택시기사는 기본적으로 승객끼리 나누는 대화에 끼어들어서는 안 된다. 예전에 친구와 오미야에 여행을 갔다가 그곳에서 택시를 이용했다. 거리에 흘러넘칠 듯 사람이 많아서 이상한 기분에 옆에 있던 친구에게 "무슨 일이 있나?"라고 물었다. 그러자 택시기사가 바로 "다이토사이 축제[3]가 열렸어요"라고 답했다.

물론 그는 친절한 마음에 말했을 테다. 그런데 묻지도 않았는데 대답하는 것은 오지랖이 된다. 그래서 나는 조심하고 있었다.[4]

요쓰야에서 태운 두 승객이 뒷좌석에서 이야기를 하고 있었다.

"조금 전의 점원, 그 사람이랑 닮지 않았어? 그 가수, 홍백가합전 프로에도 나왔던 사람."

---

2 간다 스다초에서 탄 승객이 '다메이케'라고만 말했다. 아카사카의 다메이케라고 생각해 "다메이케 교차로 부근인가요?"라고 물었지만 대답이 없어서 그곳에 가서 내려줬다. 몇 분 후 회사에서 전화가 왔다. 승객으로부터 '(니혼바시에 있는 레스토랑) 다이메이켄이라고 했는데 잘 모르는 곳에 내려주었다'는 항의가 들어온 모양이었다. 적어도 '런치를 먹으러'라든가 '니혼바시에 있는'이라고 말해줬으면 좋았을 텐데 말이다.

3 매해 12월 10일에 사이타마시 오미야구 히카와 신사에서 열리는 축제이다. 도카마치라고 불리는 도리노이치가 개최된다.

4 특히 정치, 종교 이야기에는 깊이 개입하지 않고 특별한 지론을 삼가고 상대에게 동의하는 것이 이 일의 상도다. 상대는 어떤 의견을 가지고 있는지 모른다. 지장이 가지 않게 조심스럽게 말하면 아무 문제도 일어나지 않는다.

"어, 누구?"

"그 있잖아. <하늘색 편지>를 불렀던 여가수."

바로 아베 시즈라는 걸 알았다. 하지만 승객끼리 나누는 대화에 끼어들 수는 없었다.

"그 가수 나이가 어느 정도 돼?"

"예순 정도려나? 드라마에 나오기도 하잖아."

이 사람인가, 저 사람인가, 하고 계속 대화가 이어지고 있었다. 이름만이라도 중얼거리고 싶은 충동에 휩싸였지만 꾹 참았다. 그러자 한쪽 남성이 "기사님, 혹시 아세요?"라고 물었다. "들으려고 한 게 아니라 자연스럽게 손님들의 대화가 들렸습니다. 혹시 아베 시즈에가 아닌가요?"라고 답했다.

두 사람은 저마다 "그렇구나" "맞아맞아"라고 납득한 모습이었다. 나도 목에 막혀 있던 걸 뱉어낸 듯해서 속이 시원했다.

그쪽 세계의 사람

「 여기서 딱 기다려! 도망칠 생각 마 」

명백하게 '그쪽 세계'로 보이는 사람이 손을 들고 있었다. 밤 11시를 넘긴 아사쿠사의 도로 뒤편이었다. 본래라면 모르는 척하고 그대로 지나가고 싶었으나 눈이 정확하게 마주치고 말았다. 이래서는 시선을 돌릴 수도 없었다.

정차해서 태웠다. 평소대로 공손하게 응대했다.[1]

그가 말한 장소는 엎어지면 코 닿을 데 있는 술집이었다. 그곳에 도착하자 그가 "잠시 갔다가 올 테니까 여기서 딱 기다려. 도망칠

---

1 택시기사라는 프로와 일반인의 차이는 운전 기술이나 지리에 훤한 것보다도 배려라고 생각한다. 불만을 부릴 작정인 승객이 기사가 하는 인사 기술로 차분해지는 일도 있다. 승차 시에 공손하게 대응하는 것은 자기방어가 되기도 한다.

생각 마. 회사랑 이름 외웠으니까"라고 운전기사증을 확인하면서
말했다.

　억측이지만 예전에 얽히기 싫다면서 기다리라는 말을 무시하고
요금도 받지 않은 채 달아난 택시기사가 있었던 걸까. 나도 몇 백
엔밖에 안 되는 택시비라서 받지 않고 그대로 도망가고 싶었다. 하
지만 그런 소리를 들으면 더 이상 도망칠 수도 없다.

　미터기를 켜놓은 채 손님이 돌아오기를 기다렸다. 눈앞의 상가
빌딩에 들어갔기 때문에 이대로 떼어먹고 도망치지는 않을 테지
만, 앞으로의 일을 생각하면 오히려 떼어먹고 돌아오지 않기를 바
랄 정도였다.

　기대가 허무해지게 손님은 30분 후쯤에 돌아왔다.

"우에노로 가."

위협적인 목소리로 그리 지시했다.

우에노로 가서 우에노역 앞을 지나가도 아무 말도 없었다. 무슨 일인가 싶었는데 갑자기 "저기, 오른쪽!"이라고 소리를 질렀다. 급 브레이크를 밟아 우에노 나카초도리[2]로 들어갔다. 아는 사람은 알 겠지만, 밤의 우에노 나카초도리는 사람들로 가득 차서 도무지 차 가 들어설 수 있을 만한 곳이 아니다.

인파로 북적이는 가운데 걸어가는 스피드로 천천히 차를 몰았 다. 지나가는 사람들은 다들 '왜 택시가 이런 곳에 들어오고 난리 야!' 하는 표정으로 쳐다보았다. '딱히 들어오고 싶어서 들어온 게 아니에요. 손님이 말씀하셔서 어쩔 수 없이 들어왔다고요'라고 마 음속으로 변명하기를 반복했다.

"저기서 세워."

또 어느 상가빌딩 앞에서 정차하기를 지시하더니 다시 "기다려" 라는 말만 남기고 손님은 그 빌딩으로 사라졌다.

좁은 길에 차가 서 있자 오가는 사람들이 방해물이라는 표정으 로 이쪽을 보았다. "이런 곳에 차 대지 마" 하는 소리까지 들렸다. 견디기 버거웠다.

손님은 15분 정도 지나자 다시 돌아왔다.

---

2 점심에 걸으면 평범한 음식점 거리지만 밤이 되면 180도 달라진다. 술집의 네온사인이 번쩍이고 호객 행 위를 하는 젊은 친구들이 모여드는 환락가가 된다.

"무슨 문제가 생겨도 꼼짝도 하지 마. 여긴 내 구역이니까 트러블이라도 생기면 저기 가게에 있을 테니 알리러 와"라고 말하고 이번에는 바로 옆에 있는 다른 상가빌딩으로 들어갔다.

이곳에 주차해 있는 것도 가시방석 같았지만, 이다음에 다른 어딘가로 끌려 돌아다닐 생각을 하자 마음이 더 무거워졌다. 이렇게 있는 동안에도 올라가는 미터기 요금을 받을 수 있을지 없을지도 모른다.

또 10분 정도 지나자 손님이 돌아왔다. 차에는 타지 않고 "미안하게 됐어. 이제 가도 돼"라고 하더니 요금이 3900엔인데 5000엔을 내밀고 "잔돈은 됐어"라고 했다. 이대로 드디어 해방됐구나 싶으니 내심 마음이 놓였다.

이런 사람이 타기를 바라진 않지만, '그쪽 세계 사람'도 나쁜 사람만 있는 건 아니었다.[3]

오카치마치에서 그쪽 세계 사람을 태운 적이 있다. 도쿄역이라는 목적지를 듣고 향하던 도중에 그는 휴대 전화로 조직의 인간관계에 대한 이야기를 장황하게 하고 있었다.

목적지에 도착했다. 손님은 잘린 새끼손가락을 보여주더니 "기사 양반, 이거 장애인 할인 10퍼센트 해주는 거요?"라고 농담을 하고 폭소하더니 2000엔을 놓고 잔돈은 거절하고 내렸다.

---

3 그쪽 세계에 몸담고 있는 것처럼 보이는 사람도 대부분은 아무 일 없이 얌전하게 승차한다. 그쪽 세계로 보이는 관록 있는 노신사가 내릴 때 "많이 벌게나"라는 말만 남기고 간 것은 박력 있었다.

칭찬하는 말
「 바로 코앞인데도 괜찮을까요? 」

입사 3년차에 사무직원 야마다 씨가 불렀다.

"검은 택시 한 대가 빈 게 나왔어요. 우치다 씨, 한번 해볼래요?"

생각지도 못한 제안이었다.

차체 색깔이 검은 것을 '검은 택시'라고 부른다. 노란색이나 초록색 등 화려한 컬러와 다르게 고급스러운 외양이 특징이었다. 일반적인 택시보다 차 등급이 높고, 그에 걸맞게 내장이 고급스럽고 승차감이 쾌적해서 고품격 서비스를 제공하고 있었다. 요컨대 한 등급 위의 택시[1]라는 뜻이다.

---

1 콜밴과는 다르다. 콜밴은 완전히 예약제라서 거리를 배회하지 않는다. 요금체계도 달라서 콜밴은 미터 제

검은 택시 운전기사[2]는 어느 정도 이력을 쌓아 길눈이 훤하고 접객 실력도 양호하다고 인정받은 우수한 승무원이다. 나는 접객만큼은 정성스럽게 하도록 신경 쓰고 있었지만, 아직 도내에 익히지 못한 장소도 많고 운전기사로서 자신도 없었다. 하지만 검은 택시는 고급스러운 이미지 덕분에 음식점에서 일부러 지정하거나 검은 택시만을 선호해서 타는 손님이 있어서 영업 면에서는 틀림없이 플러스가 될 터였다.

야마다 씨가 나를 검은 택시 운전기사로 추천해줬다고 생각하자 그 기대에 부응하고 싶은 마음이 들었다. 그리하여 3년차부터 나는 사신 없는 상태로 검은 택시 드라이버가 되었다.

정오가 지났을 무렵 오테마치에서 승차한 여성 승객이 목적지를 말하기 전에 입을 열자마자 제일 먼저 "기본요금 거리인데 괜찮나요?"라고 했다.

물론 개의치 않는다. 점심시간의 오피스가에서 가까운 거리는 그다지 드문 일이 아니다.

"예전에 가까운 데서 내렸더니 운전기사분께서 '이렇게 가까운 데는 택시 타는 거 아니에요'라고 불만을 부려서 정말 무서웠어요.

도를 적용하지 않고 출고부터 귀고까지 요금을 부과한다. 검은 택시는 어디까지나 택시 가운데 하나다. 요금도 보통 택시와 다르지 않다.

2 결국 그만둘 때까지 검은 택시를 계속 몰았다. 그리고 '검은 택시인데 길을 모르는 거야?'라고 보이는 게 무서워서 숙지한 우에노 주변에 눌러 붙어 있었다. 이것이 영업 수익을 올릴 가능성을 망친 것 같다.

검은 택시라면 화를 내지 않으실 것 같아서요."

도내에서 점심시간에 목적지가 기본요금 거리라서 불평을 부리는 택시기사는 그리 흔하지 않다. 운이 나쁘게 이상한 택시기사에게 걸린 걸 테다. 그래서 여성 승객에게 "이상한 운전기사를 만나셨네요. 만약 가까운 거리라는 게 신경 쓰이시면 정차해 있는 택시 말고 달리는 빈 택시에 타는 편이 불쾌한 일을 겪을 확률이 줄어요. 역 앞에 대기하는데 마지막 전철을 놓친 손님이 기본요금 거리라면 저도 풀이 죽을 것 같긴 하지만요"라고 우스갯소리를 했다.

그 손님을 내려준 후 피크 타임이 지난 패밀리레스토랑에 차를 세웠다. 점심은 큰맘 먹고 장어덮밥을 주문했다. 오랜만에 먹는 장어였다.

서빙된 용기의 뚜껑을 열었더니 장어 몸통이 반대로 된 채 껍질이 위로 올라와 있었다. 아마 외국인 아르바이트생이 일본 식습관을 모르고 그릇에 담은 걸 테다. 그대로 먹어도 됐지만 나중에 이 '상식'이 다른 손님에게도 적용되면 난감하겠다 싶어서 점장을 불러서 이 사실을 전했다. 점장은 진심으로 사과했다. 손수 뒤집어서 먹는데 그 맛은 생선 조림 같아서 장어와는 거리가 멀었다. 아, 패밀리레스토랑에서 장어를 주문한 쪽이 잘못일 테다.

약 30분 정도의 식사 휴식을 마치고 오후 근무로 돌아갔다. 계산할 때 혹시 조금 전의 점장이 나와서 "식사비는 받지 않겠습니다"라는 전개가 펼쳐지지 않을지 소소하게 기대감을 품었다. 계산대는 점장이 담당했지만 식사비는 야무지게 받아갔다.

 아침 7시부터 시작된 근무가 심야 1시에 끝났다. 이날은 손님을 15회 태웠고, 영업 수익은 4만 엔을 조금 넘겼다. 조금 더 분발할 수 있었을 텐데 싶었지만 세상사는 이런 법이다.

 입금[3]을 마치자 사무직원인 야마다 씨가 말을 걸었다.

 "오테마치에서 태운 여성 승객한테서 감사 전화가 왔어요. 우치다 씨한테 '친절하게 응대해줘서 정말 기분이 좋았다'고 전해달래요. 일부러 전화까지 주시는 분은 잘 없는데 잘하셨나 보네요."

 여성 승객은 건네준 영수증의 전화번호로 일부러 전화를 해준 모양이었다. 여성 승객의 그 마음이 기뻤고, 그 말은 나에게 있어서 생각지도 못한 포상이나 마찬가지였다.

 자신의 마음이 상대에게 잘 전해지기만 한다면 보답은 필요하지 않다.

3　예전에는 현금을 사무직원에게 건네면 그들이 침을 발라가며 숫자를 세었다고 하는데, 내가 들어왔을 무렵에는 자동입금기가 설치되어 있었다. 현금을 투입해서 나온 영수증(명세서)을 사무직원에게 제출하면 완료다.

볼일은 참아야 하느니라
「 '빈뇨' 탈출기 」

이 일을 시작한 지 얼마 되지 않았을 무렵, 일시적으로 빈뇨 증상이 일어났던 적이 있다. 손님을 태우면 화장실에 갈 수 없다는 압박감이 원인인지 조금 전에 볼일을 보고 왔는데도 이내 화장실에 가고 싶어졌다. 괜찮을 거라 생각하며 아무리 애를 써도 화장실에 가고 싶었다. 화장실에 가도 양이 많지 않은데 괜히 가고 싶어지는 게 문제였다.

승차 중에 화장실에 가고 싶어져서 공원 등 화장실이 있는 장소를 찾았다. 그사이에는 '회송'으로 해놓았기 때문에 손님이 있어도 태울 수가 없다. 그래서 영업 수익은 감소하기만 했다. 곤란해진

나는 성인 기저귀를 사용해야 할지 진지하게 고려했다.

그러던 차에 밤 10시가 넘어 또 화장실에 가고 싶어져서 화장실이 있는 긴시공원으로 향하던 중이었는데 게이요 도로가에서 손님이 손을 들고 있었다. 그대로 무시하고 지나가려고 했지만 그만 '회송' 표시를 깜박했다는 사실을 알아차렸다. 아차 싶었지만 이제 어쩔 수 없었다. 그대로 태웠다. 그런데 목적지가 마치다시라고 했다. 무난하게 달려도 한 시간 이상은 걸린다.

이제 다 틀렸다. 거기까지는 참을 수 없다. 직감적으로 그리 생각했다.

한심해 보이겠지만 급하면 승객에게 솔직하게 양해를 구하고 화장실에 가는 걸 허락받는 수밖에 없었다. 그런 생각을 하면서 긴시초 입구에서 수도고속도로로 들어서서 이나기나들목으로 빠져나왔다. 그런데 거기서부터 마치다까지의 루트가 가물가물했다.

마치다시는 지도로 봐도 알 수 있을 정도로 가나가와현의 도쿄나 마찬가지다. 머릿속으로 필사적으로 지도를 떠올려가면서 눈앞의 풍경과 비춰가며 길을 잘못 들어서지 않도록 신중하게 운전했다. 자신이 있는 장소를 생각하면서 운전하고 있으니 어느새 화장실에 가고 싶었던 건 잊고 있었다.

무사히 목적지에 도착해 손님을 내려주고 나니 거센 요의가 덮쳐왔다. 심야 0시, 평화로운 마치다 땅에서 주변에 아무도 없다는 사실을 확인하고 밭으로 들어가 가득 쌓인 소변을 방출시켰다.

긴시초에서 마치다까지, 영업 수익 2만 엔. 오늘은 목표로 삼았던 5만 엔을 넘겼다. 그 후에는 왔던 길을 한 시간을 들여 돌아가기만 하면 되었다. 당당하게 귀고할 수 있었다. 시골 밭에서 올려다본 밤하늘에 별이 가득 빛나고 있었다.

이 경험이 계기가 되어서인지 그렇게나 고민되었던 빈뇨 증상이 어느새 감쪽같이 나아버렸다.

제 2장

택시기사의 사정, 승객의 사정

찾으러 나설까, 기다릴까
「 라이벌들 」

택시기사의 아침은 점호에서 시작된다. 다음으로 사훈을 낭독하고 사무직원으로부터 당일의 이벤트 정보[1], 전날에 발생한 사고나 위반 등의 사안을 보고받는다. 그 후 한 번에 40~50대 정도가 이른 아침부터 점심까지 한 시간 정도의 간격을 두고 차례대로 출고해 나간다.

500대나 되는 택시가 있고 그 차들이 일제히 출고하면 아주 혼잡스러워진다. 그래서 시간표가 A부터 E까지 다섯 조로 나누어져

---

1 유명한 큰 사이트에서 장난감쇼가 개최된다든가 진구야구장에서 야쿠르트 vs 한신의 경기가 있다는 등, 이벤트 내용이나 개최시간 등을 전달해준다. 물론 기사의 영업 활동에 이를 살리기 위해서지만, 나는 그다지 참고하지 않았다.

있고, A가 출발하는 아침 7시부터 한 시간 간격으로 시간차를 두고 출고한다. 'A조'로 출고해서 점심을 먹으러 회사로 돌아오면, 아직 'E조' 사람들이 식사를 하고 있기도 한다. 그들에게는 그게 아침인 것이다.

출고 시간은 어느 정도는 본인의 희망에 따라 정해진다. 나는 얼른 출고해 얼른 귀고하고 싶어서 제일 빠른 'A조'를 희망해 그 조에 속하게 되었다. 시간표는 한번 정해지면 변경하고 싶다고 말하지 않는 한 기본적으로 그대로 간다.

영업소의 500대나 되는 택시는 오후가 되면 한 대도 남지 않고 출고된다. 당일 컨디션 난조로 갑자기 쉬게 되는 사람이 있으면 사무직원이 휴일인 다른 택시기사에게 연락해서 출고를 권한다. 나도 몇 번인가 그에 응해 출근한 적이 있다.[2] 회사는 차를 한 대라도 놀릴 수 없는 것이다.

출고했을 때 플라스틱 이름표를 뒤집으면 '당번'이 된다. 잔돈을 10엔짜리 동전부터 5000엔짜리 지폐까지 준비하고 나서 차 점검을 실시한다. 당일에 사용하는 차 타이어, 연료, 라디에이터액 등을 확인한다. 연료인 LP가스는 기본적으로 가득 채워서 돌려주어야 한다.

출고할 때 사무직원 야마다 씨는 배웅하는 인사말에 변화를 준

— 77 —

다. 어떤 때는 "오늘도 열심히 혼나고 오셔!"라고 웃으면서 배웅해 준다. 손님에게 혼나는 일이 당연하다고 여겨지면 기분이 상당히 가벼워지는 것 같았다.

일단 출고하면 어디로 가든 자유다. 그때 최대의 라이벌이 되는 게 자사 택시기사다.

내가 일하던 시대에는 무선을 빨리 누르는 게 영업 이익으로 직결되었다. 마냥 돌아다니는 것보다 확실히 손님을 확보할 수 있고 손님도 중장거리일 확률이 높았다.

손님이 배차를 요청하면 무선실에서는 일제히 각 차에 무선을 친다. 제일 먼저 '완료' 신호를 보낸 기사가 손님이 있는 곳으로 향한다. 예를 들어 무선실에서 "니혼바시 앞, 5분"이라는 무선이 들어온다. 니혼바시 센비키야 앞에 지금부터 5분 이내에 도착할 수 있냐는 뜻이다. 그런데 반응이 없으면 "10분"이라고 도착 가능한 시간을 늘린다.

보통은 이 도착 가능 시간 내에 갈 수 있는 기사만 완료 버튼을 누르지만, 영업 수익에 고전하는 기사들 중에는 말도 안 되는 장소에 있으면서 완료 버튼을 누르는 용자도 있다. 그 당시에 무선실에서는 무선을 받은 기사가 어디에서 받았는지 알 수 없었던 것이다.

무선실에서는 손님에게 대략적인 도착시간을 알려주므로 시간이 크게 벌어져서는 안 된다. 그 때문에 속도를 위반하고 신호를 무시하는 걸 개의치 않고 냅다 달려온다. 나는 불가능한 거리에 있을 땐 완료 버튼을 누른 적이 없다. 위험을 무릅쓰고서까지 영업 이익을 올리겠다는 근성이 없어서였다.

무선 전파가 잘 통하는 장소, 주변에 높은 건물이 없고 널찍한 고지대에서 무선을 기다리는[3] 사람도 있었다. 어떤 동료는 "손님이 있을지 없을지 모르는 상태로 돌아다니기보다 대기하다가 일을 받는 편이 낫잖아. 난 먹이를 쫓아다니는 범고래가 아니라 눈앞에 먹잇감이 오기를 기다리는 아귀야"라고 말했다. 납득이 가면서도 가지 않는 예시였다.

지금은 차 위치를 전부 GPS로 관리하고 파악하고 있어서 손님이 있는 장소에 제일 가까운 택시에 다이렉트로 지시가 간다. 아귀 전법은 이제 통하지 않는 것이다.

---

3 어느 날 밤, 다섯 대 정도 되는 차량에 '예약' 의뢰가 들어왔다. 나도 그중 한 대로, 지시받은 장소에 한창 가고 있던 중에 무선이 들어와 "1583(내가 모는 택시 번호)만 취소됐습니다"라는 알림을 받은 적이 있다. 평소에 받는 취소보다 한층 더 낙담했다.

옛 친구

「 왜 말을 걸지 못했을까? 」

아다치구 모 병원에 손님을 태워다줬을 때의 일이다. 손님을 내려준 후 그 병원에 네다섯 대의 택시가 대기하고 있는 게 눈에 띄어서 기껏 왔으니 그대로 뒤에 줄을 섰다. 몇 분 후, 바로 뒤에 줄지어 선 차에서 택시기사가 내렸다.

"당신 같은 대형 택시 회사는 이런 곳에 안 와도 되잖수.[1] 더 시내로 나가서 일해요."

물론 이런 택시 승강장에서 손님을 기다리는 데 대형, 중소형, 개

---

1 도심에는 우리 회사 전용 승강장이 있거나 대형 회사만 선호하는 손님이 있어서 중소형 택시회사보다도
일하기 좋은 환경일지도 모른다.

인을 따질 일은 아니다. 대형 택시 회사는 사절이라는 간판은 어디에도 없다고 대답하려고 했지만 동업자와 트러블이 생기는 것도 번거로울 듯해서 그길로 잠자코 사라졌다.

각 지역에는 나름대로 룰이라는 게 있는 법이다.

JR우에노역 정면 입구 택시 정류장에 처음 들어갔을 때의 일이다. 처음이라서 차를 어떻게 세워야 하는지 몰랐다. 머뭇거리면서 동업자에게 물어보았다.

"비상등을 켠 차가 제일 끝이니 그 '엉덩이'에 붙이면 돼요. 자기 뒤에 다음 차가 올 때까지는 비상등을 켜두고요. 자기 뒤에 다음 택시가 오면 그 점멸등을 끄고 말이죠."

나와 동년배로 보이는 남성이 정중하게 가르쳐주었다. 옆에 몇 대가 나란히 서 있어도 알기 쉬운 규칙이었다. 그 이후 이 정류장을 종종 이용하게 되었다. 하지만 이 장소에서 손님을 기다리는 동안 기사들의 행동을 보고 있으니 담배를 함부로 버리거나 구석에 숨어서 노상방뇨를 하는 등 비상식적인 매너가 눈에 띄었다.

내가 이 일을 시작한 2000년에는 차내 흡연은 당연한 일이라서 빈차일 때 기사가 아무렇지도 않게 피웠다. 차를 몰고 다니다가 손님을 발견해서 다급하게 창문으로 담배꽁초를 휙 버리는 기사도 있었다. 이런 행동 때문에 세간에서 '택시기사는 한심한 인간들이다'라고 여기게 되었다.

그들의 행태를 보고 있으면 그런 업계에 몸담고 있어서 부끄러운 마음이 더해간다. 동시에 이 업계에 몇 년 있어도 나만큼은 그런 행동을 하지 말자고 결심했다.

우에노 택시정류장[2]에서는 잊을 수 없는 기억이 있다.

그곳에서 대기하던 중에 초등학교 동창회에서 몇 개월 전에 막 만났던 친구를 발견했다. 그는 다른 회사의 택시기사가 되어 있었다. 그는 차에 타고 있었는데 나를 알아차린 것 같지 않았다. 나는 그에게 들키지 않도록 차를 이동시켰다.

초등학교 시절에는 사이가 좋았던 친구로, 동창회에서 재회했을 때 서로 일 이야기는 하지 않았다. 설마 사이타마의 작은 촌 동네 초등학생이 어른이 되어 이 복잡한 도쿄에서 서로 택시기사가 되어 조우할 줄이야.

어째서 나는 그에게 말을 걸지 않았을까. 내가 말을 걸어도 그 또한 기뻐하지 않을 거라고 생각해서였다.

그날 한동안 내가 왜 그에게 말을 걸지 못했는지 끙끙대며 생각했다.[3]

---

2 이곳에서는 자주 택시기사끼리 잡담을 나누기도 한다. 차에서 내려서 친한 동업자들과 "글렀어. 40분 기다렸는데 기본요금만 나왔어" "나도 이상한 승객을 태웠지 뭐야" 하고 서로 투덜대는 건 스트레스 해소가 되기도 했다.

3 그가 기억에 남아 있어서 실은 퇴직 후에 동창회 명부에서 그의 주소를 찾아다가 방문했다. 그 주소지에서는 이미 이사를 갔고 그가 일하던 택시 회사도 폐업한 상태였다. 그 이후 그와는 만날 수 없었다.

장사 접기

「 주정뱅이의 절규 」

원칙적으로 자신의 다리로 설 수 없고 이야기도 할 수 없는 만취 승객은 승차 거부를 할 수 있다. 타기 전부터 대화가 되지 않을 정도로 취해 있으면 그 뒤에 어떻게 될지는 뻔하다. 택시기사로서도 번거로운 트러블[1]은 되도록 피하고 싶다.

어느 날 이인조 경찰관에게 파출소 앞에서 땅바닥에 드러누워 있는 취객을 "집까지 태워주실 수 있을까요? 돈은 가지고 있는 것 같은데요"라고 부탁을 받았다.

---

1 다행히도 나는 15년에 달하는 택시기사 생활에서 승객이 한 번도 차에서 토를 한 적이 없었다. 아슬아슬하게 무사했거나 문을 열어주어 손님이 토를 하고 있는데 뒤에 버스가 와서 다급히 이동한 적은 있다.

경찰은 경찰대로 파출소 앞에서 인사불성이 된 사람을 이러지도 저러지도 못한 채 난감한 표정을 짓고 있었고, 그 얼굴에는 '이 거 추장스러운 인간을 여기서 치워주시오'라고 쓰여 있었다. 하지만 돈이 문제가 아니었다. 그 사람이 차 안에서 토라도 하면 장사를 접어야 한다.[2]

나는 "하룻밤 파출소에서 묵게 해주고 내일 맨정신일 때 태워 집까지 바래다주는 게 낫겠는데요?"라며 거절했다. 취객은 누구에게나 골칫거리다.

니혼바시에서 손님을 태웠다. 이미 몸을 가누지 못하며 넥타이도 무언가에 더럽혀졌는지 흠뻑 젖어서 색이 변해 있었다. 이거 곤란하게 됐다고 생각했지만 태우고 말았으니 소 잃고 외양간 고치는 일이었다.

목적지를 묻자 지유가오카라고 했다. 그 말만 하고 바로 잠이 들어버렸다. 고요히 잠들어주는 고객이라면 고마울 따름이다. 이대로 수월하게 일이 풀리려나 싶었지만 도착했을 무렵에 문제가 일어났다.

지정된 장소에 도착해서 요금을 받고 잔돈과 영수증[3]을 건넸다.

---

2 차에서 변을 당하면 독특한 냄새가 사라지지 않아서 그쯤에서 일을 접어야 한다. 그래서 '청소대금'을 받는 동료도 있었다. 청소비는 대개 1만 엔이다. 강제로 받을 수 없어서 돈을 내기 꺼려하는 손님에게는 더 이상 일을 할 수 없다고 설명해서 납득시킨다고 한다.

3 "남은 영수증 없어요?"라고 묻는 승객이 있다. 그 영수증으로 회사에서 정산을 받아 용돈으로 쓰려는 걸 테다. 고객이 필요 없다고 한 영수증을 보관했다가 건네주면 기뻐한다.

잔돈과 영수증을 지갑에 넣는 것을 확인하고 문을 열어주자 "기사 양반, 영수증이요"라고 말했다. 이쪽은 영수증을 잔돈과 함께 지갑에 넣는 것을 조금 전에 틀림없이 확인했다.

"조금 전에 건네드렸습니다."

"아니, 안 받았다니까. 영수증 달라고요."

건네줬다고 해도 "안 받았으니 달라고"라며 고집을 피웠다. 미터기를 초기화했기 때문에 재발행은 할 수 없다고 설명해도 통하지 않았다.

"건넸다" "못 받았다"로 옥신각신하는 동안에 손님은 점점 흥분해서 크게 화를 냈다.

"영수증 달라니까!"

심야, 문이 열어젖혀진 택시에서 큰 소리가 울려 퍼졌고 집집마다 사람들이 나왔다. 동네 사람들이 보고 있는데도 취해서인지 손님의 고함은 멈추지 않았다.

"영수증!"

거의 절규하고 있었다.

걱정해서 나온 동네 사람이 "기사님, 경찰에 신고하는 편이 나을 것 같은데요"라고 조언해주었다.

취객을 다루는 데 다소 익숙했지만 동네에 민폐를 끼치는 것 같아서 경찰에 신고했다. 십 몇 분 후 경찰 몇 사람이 찾아왔다. 일본 경찰의 대응은 신속하다.

경찰관이 나타나자 손님 태도가 확 달라졌다. 소리를 그만 지르더니 손님은 얌전하게 경찰관에게 사정을 설명하기 시작했다. 경찰 제복의 효과는 절대적이었다. 손님은 쉽게 설득당해 휘청거리는 발걸음으로 집으로 돌아갔다.

"요금은 확실히 받으셨죠? 그럼 이제 괜찮으신 거네요? 그건 그렇고 끔찍하셨겠어요. 수고하셨습니다."

경찰관이 건넨 위로의 말에 구원받았다.

너는 행복하니?
「 함께 살았던 어머니의 질문 」

일이 끝나면 나는 종종 한밤중에 걸어서 귀가한다.[1] 회사가 있는 센주에서 집이 있는 가쓰시카구 다테이시까지 걸으면 40분 정도 걸린다. 종일 앉아 있으니 걷는 건 기분 전환이 되어 상쾌하고 건강을 위해서이기도 하다. 새벽에 집에 도착해 욕조에 몸을 담그고서 선잠을 잔다. 오전 중에 많이 자두고 오후에 산책을 하는 게 일과가 되었다.

운전하면서 손님을 계속 찾다가 태우고서 행선지를 향해 달리기

---

[1] 새벽 3시가 넘어 걸어서 귀가하는 도중에 취한 젊은 친구가 시비를 걸어왔다. 우연히 경찰관이 지나가서 무사히 넘어갔지만 차에서 내리고 나서도 주정뱅이와 엮였다는 사실에 침울해졌다.

시작한다. 주행 중에도 승객의 요구에 응하면서 사방팔방 주변의 차를 신경 쓴다. 긴장 속에서 장시간 핸들을 잡고 있어야 한다. 그래서 쉬는 날[2]에는 핸들을 보는 것도 신물이 났다.

휴일에는 1만보를 걸었다. 앞장에서 말했듯 취미와 실리를 겸하여 일할 때 궁금했던 곳에 버스나 전철로 가서는 걸어서 길을 확인했다.

당시의 나는 다테이시의 단지에서 어머니와 둘이서 생활했다. 아들은 이미 독립해서 사회인으로 해외에서 생활하고 있었고, 아버지는 요양원에 입소해 있었다.[3]

쉰이 넘어 택시기사가 되어 이른 아침에 집을 나가 이튿날 아침에 귀가하는 나를 어머니는 어떻게 생각하셨을까.

이따금 근처까지 손님을 태워다드릴 때 집에 들러서 어머니와 같이 점심을 먹었다. 집에 혼자 있을 어머니의 곁에 되도록 있어주는 것이 효도라고 생각했다. 내가 택시로 돌아가면 5층 베란다에서 내내 배웅을 해주었다.

택시기사가 된 지 5, 6년이 지났을 때의 일이다. 이른 아침에 귀가해서 선잠을 잔 후 늦은 점심을 어머니와 먹었다. 음력 시월의 따뜻한 날씨였다. 몸을 웅크리고서 방석에 앉은 어머니는 "내 인생에서 지금이 제일 행복하구나"라고 차분히 읊조렸다.

---

2 한 번 근무할 때 이틀 분량을 일하므로 근무가 끝나면 휴일이 된다.

3 아버지의 연금으로는 비용이 부족해서 우리 세 남매가 요양원 비용을 대었다. 아버지는 여동생이 고생해서 발견한 곳이 마음에 들지 않아 억지를 부리시며 요양원을 전전했다.

앞에서 언급한 도산 소동이 벌어졌을 때 제일 큰 피해자는 어머니였다. 아버지의 빚보증을 섰던 어머니는 재판장 피고석에까지 앉아야 했다. 그날 '어째서 이 자리에 있어야 하는 건지 모르겠다'며 울었던 어머니에게 나는 아무 말도 건넬 수 없었다.

그 이후 집도 잃고 일도 잃은 어머니는 매우 침울해했고, 다테이시로 이사를 가서도 어디에도 나가지 않고 하루 종일 집 안에서 지냈다. 초췌한 표정을 보면 무슨 일이라도 저지르지 않을까 걱정이 되었다.[4]

도산 소동 후 6년이 지나 새로 이사 온 곳에 친구가 생기고 여전히 몸도 건강하여 인생에서 처음으로 아무 걱정 없이 보낼 수 있는

---

4 근처에 사는 여동생이 매일같이 어머니의 상태를 보러 왔다. 이혼한 전처도 "어머님한테서 눈을 떼지 않는 편이 좋을 거야"라고 조언했다. 그만큼 몹시 우울해하고 있었다.

행복을 맛보고 있는 걸 테다.

　이어서 "너는 어떠니?" 하고 어머니가 물었다.

　그 무렵의 나는 새벽에 회사 라커룸에서 넥타이를 맬 때 또다시 긴 하루가 시작되는구나 하고 무거운 한숨을 쉬고 있었다. 자신의 처지를 생각하니 바로 대답할 수 없었다. 나는 말문이 막혀 애매하게 고개를 끄덕였다.

루틴
「 나의 평소 하루 」

아침 7시가 넘어 50대 정도 되는 택시가 움직이기 시작한다. 'A 조'의 출고 시간이다. 열 대씩 염주처럼 줄줄이 엮여서 간격을 두지 않고 일반도로로 나간다. 이제 또다시 택시기사로서의 하루가 시작된다.

나는 평소대로 닛코 가도[1]를 타고 도심으로 향한다. 신호를 기다리는데 옆에 아는 택시기사가 섰다. "어디 가?"라고 말을 걸었다.

"무선 들어왔어요. 기타센주요"라고 말하는 40대 에모토 씨는 경

---

1 에도시대의 다섯 가도 중 하나이다. 니혼바시에서 센주, 구리바시, 우쓰노미야 등을 거쳐 닛코에 이르는 약 150킬로미터이다. 아침에는 대형트럭으로 혼잡하다.

력 1년차 신입이다. "그렇군. 아침부터 운이 좋네. 힘내시게나"라고 대답했다.

미노와 부근에서 손을 들어 신호를 보내고 있는 남성. 시각은 7시 15분. 이날 첫 손님이다.

"이와모토초까지 가주세요"라며 탄 샐러리맨 스타일의 남성을 야스쿠니도리를 지나가서 내려주니 1780엔이 나왔다. 도심으로 향하는 김에 벌이가 되어 운이 좋았다.

아직 8시 전이라서 편의점에서 아침식사인 빵 하나와 차, 거기에 신문과 캔커피를 샀다. 빵을 씹어 먹으면서[2] 훤히 다 아는 곳인 우에노로 향했다.

우에노역 부근에서 이번에는 60대로 보이는 여성이 승차해서 '도다이병원'이라고 목적지를 댔다. 시노바즈도리에서 무엔자카를 지나 도다이병원에 도착했다. 1380엔이 나왔다.

기껏 왔으니 그길로 도다이 구내에 있는 택시 승강장에 줄을 선다. 대기하고 있는 차는 다섯 대다. 내 차례가 올 때까지 30분 정도 걸릴 테다. 다만 이곳은 역까지 가는 단거리 손님이 많아서 큰 수익을 기대할 수 없다.

예상대로 30분 정도 지났을 때 고령의 여성과 그 딸로 보이는 여성이 탔다. 오카치마치까지가 목적지다. 이것도 예상했던 대로다.

---

2 이것도 루틴으로 거의 매일 먹고 있다. 빈차라고 해도 주행 중에 빵을 먹는 건 엄격하게 금지되어 있다. 통행인이나 맞은편에서 오는 차에 들키지 않도록 몰래 씹어 먹었다. 다행히 퇴직할 때까지 들키지 않았다.

980엔이 나왔다.

이어서 우에노역 택시 정류소로 갔다. 40분 기다려서 슈트 차림의 중년 손님이 탔다. "스미다구 분카에 있는 K사까지 가주세요." 2480엔이다.

분카 K사 앞에서 손님을 내려주고 아사쿠사도리를 북상했다. 오시아게에서 허리가 굽은 할머니를 태웠다. 행선지는 우에노의 에이주종합병원이었다.

"반년 전에 택시를 탔다가 사고를 당해서 앞니가 부러졌지 뭐예요"라고 이야기를 하기 시작한다. 그리고 택시기사가 손님을 방치했다고 분개하셨다. 정말 끔찍했겠어요, 라고 위로하고 1580엔을 받는다.

오후 1시 전에 편의점 도시락으로 점심식사를 하고, 우에노공원 옆에서 차 시트를 젖혀 1시간 정도 누워 있다.

오후 2시 무렵, 무선을 받는다. 도쿄도 미술관에서 오다이바 방송국까지라고 했다. 젊은 남성 셋을 태워 고속으로 우에노에서 다이바까지 5880엔이 나왔다. 뒷좌석에서 들리는 대화에서 방송국 스태프인 모양이었다. 돌아올 때는 레인보우브릿지를 일반도로를 거쳐서 돌아온다.

다이이치 게이힌에서 시나가와를 지나 긴자에서 초로의 남성을 태웠다. "국도[3]로 마쓰도까지 가주시구려." 이 시간의 장거리 손님

---

3 고속도로 요금은 손님이 부담해야 해서 국도로 지정해주는 경우가 자주 있다. 택시기사는 고속도로로 가

은 고마울 따름이다.

앞의 택시를 보내고 내 택시에 손을 들고 있었다. "당신네 회사가 올 때까지 기다리고 있었소"라고 기분 좋은 말을 해주었다. 이 회사 차를 타겠다고 정해놓은 손님도 있다. 미토 가도를 달려 도키와다이라까지 9220엔이다. 다른 현(지바현)에서는 손님을 태울 수 없어서 '회송'으로 도내까지 온다.

가쓰시카구에 들어서고서부터는 손님이 없다. 잠시 방랑한다.

저녁 6시 전, 붐비기 전에 우에노의 서서 먹는 소바집[4]에서 380엔짜리 튀김소바를 급하게 먹는다.

디시 우에노 딕시 징류소에 틀어선다. 젊은 남자가 "요시하라"라고만 한마디 한다. 센조쿠 4초메에서 내려준다. 1140엔이다.

근처 유흥업소에서 누군가 손짓하더니 여성이 탄다. 아직 오후 9시 전인데 싶었더니 컨디션이 좋지 않아서 조퇴한다고 했다. 우구이스다니 역까지 980엔이다.

조금 달려서 아사쿠사의 화장실 옆 택시기사 정류소에서 휴식을 취한다.

"오늘은 어때요?" 아는 사람이 말을 걸어왔다. "그냥 그러네요"라고 답한다.

실제로 지금까지 2만 5000엔을 벌었으니 흡족한 숫자라고는 할

는 편이 감사하지만, 긴자에서 마쓰도까지라면 국도로라도 감사하다.

4 이 가게는 4호선 옆에 있는데, 주차된 자신의 차가 점내에서 보여서 안심할 수 있었다.

수 없다. 그건 그렇고 여기서 "대박" "럭키"라는 대답을 들은 적이 없다.

아사쿠사 뷰호텔 앞에서 대기했다. 전통적인 헤어스타일을 한 게이샤 세 사람이 무코지마까지 900엔이었다. 그곳에서 밤 11시까지 엎어지면 코 닿을 거리의 손님만 세 팀이었다.

자, 이 시간부터는 운에 달렸다.

돌아다니다가 샐러리맨풍의 남성을 태웠고 간다에서 아카사카까지 2500엔이 나왔다. 그 손님이 내린 곳에서 젊은 남성 삼인조가 "타도 되나요?"라며 올라타 "지바까지 가주세요. 우선 저쪽 가스미가세키에서 고속도로를 타서 마쿠하리까지요"라는 말에 내심 두 주먹을 불끈 쥔다. 세 사람의 각자의 집까지 들러서 2만 엔 가까이 나왔다. 시간은 심야 0시 반이었다.

마지막 삼인조 남성 덕분에 영업 수익은 5만 엔이 넘었다. 나로서는 수익이 좋은 하루였다. 콧노래를 섞어가며 고속도로를 달려서 귀고[5]했다.

긴 하루가 끝났다.

---

[5] 돌아올 때의 고속도로 요금은 회사가 지불해주는 시스템이다. 영업 수익을 5만 엔을 넘겼으니 당당하게 고속도로로 돌아올 수 있었다.

최장거리
「 손님을 믿을래? 말래? 」

요전번에 이런 뉴스를 접했다.

요코하마시에서 돗토리시까지 600킬로미터 이상을 택시에 무임 승차해서 돗토리 경찰서는 17일, 주소, 성명 미상인 여성을 사기혐의 현행범으로 체포했다고 발표했다. (중략) 경찰서에 따르면 여자는 같은 날 오전 2시 반 무렵 요금을 지불할 생각이 없음에도 요코하마시 도쓰카구 JR도쓰카역에서 택시를 타 약 8시간에 걸쳐서 돗토리시 히가시혼지초의 JR돗토리역 부근까지 운전하게 하여 승차 요금 23만 6690엔을 지불하지 않은 혐의가 있다.

여성은 "돗토리사구가 보고 싶다" "돗토리역에서 인출하겠다"며 승차. 도착해서도 요금을 지불하지 않아서 운전기사가 여성을 태운 채 돗토리 경찰서까지 데리고 갔다고 한다. 나이는 40대쯤이며, 확인된 소지금은 몇 백 엔 정도라고 한다.

(2021년 1월 18일 아사히 디지털 신문)

이따금 승객에게 '지금까지 간 곳 중에서 제일 먼 곳은 어디냐?'라는 질문을 받는다.

나는 장거리 운전[1]을 한 경험이 별로 없다. 제일 먼 곳은 우쓰노미야였다. 심야할증요금으로 5만 엔 정도 나왔다.

그 손님은 JR우에노역 앞에서 탔다. 센다이에서 우쓰노미야까지 가는 전철을 탔는데 숙면을 취하는 바람에 지나쳐서 우에노역까지 와버렸다고 했다. 이미 막차 시각은 지나 있었다. 호텔에 묵는 편이 저렴하겠다 싶어서 물어보았다.

30대로 보이는 남성은 "내일 아침에 부모님께서 차를 사용하세요. 그런데 그 차를 제가 우쓰노미야역에 주차해놔서⋯⋯. 그래서 어떻게 해서든 차를 아침까지 부모님 댁에 반납해야 해요"라고 말했다. 그는 저자세로 "이렇게 멀리까지 가게 해서 정말 죄송합니

---

1 장거리는 아니지만 5시간 정도 계속 타고 있었던 손님이라면 있다. 초로의 남성이 이발소에 갔다가 맨션으로 갔다가 식사를 하러 가고 마지막에는 수입차 판매점으로 갔다. 그러고서 "벤츠 두 대를 계약하고 왔다"라며 큰소리를 쳤다. 미터기가 3만 엔을 넘어 역시 걱정이 되어 "계속 이대로 이용하실 건가요?"라고 묻자 "꽤 신세를 졌으니 내리겠소"라며 미터기대로 지불했다. 특이한 사람이었지만 좋은 손님이었다.

다"라고 사과했다. 죄송할 일은 아니다. 택시기사에게 있어서 이렇게 고마운 일은 없으니까 말이다.

"아닙니다. 운전기사한테는 고마운 일이죠"라고 대답하면서 그 사정을 동정하기도 했다. 하지만 곧게 깔린 도호쿠 길을 매끄럽게 내달려 가조, 도치기로 나아가 할증요금 미터기가 스피드와 더불어 힘차게 올라가는 모습은 솔직히 쾌감이 느껴졌다.

내가 주행한 최장거리는 이 정도밖에 없어서 여기서는 동료 중 한 사람인 토야마 씨의 무용담을 소개하려고 한다.

토야마 씨가 우에노에서 손님을 기다리는데 어떤 승객이 앞 택시에서 연달아 거절당하는 모습이 보였다. 몇 번이나 거절당한 고객이 토야마 씨가 모는 차에 와서 이렇게 말했다.

"지금은 돈이 없지만, 집에 가면 신용카드가 있어요. 그러니 도야마까지 가주실 수 있을까요?"

이런 이야기를 곧이곧대로 믿을 기사는 없을 테다. 하지만 토야마 씨는 회사의 승낙을 얻어 일을 맡았다. 그건 그렇고 회사도 용케 허가했다.

승차하는 손님에게 기사가 "돈은 가지고 있어요?"라고 확인하는 건 손님을 의심하는 게 되어 금기이기도 하다. 하지만 그 손님은 '지금 수중에 돈이 없다'고 솔직하게 말했다. 이제 나머지는 집에 도착해서 카드로 지불하겠다는 말을 믿을지 말지에 달려 있었다.

나라면⋯⋯ 틀림없이 거절한다.

이유 중 첫 번째는 너무 멀어서 체력에 자신이 없다. 이유 중 두 번째는 요금을 못 받을 가능성이 있다. 어떤 이유를 대서 달아나면 도야마에서는 어쩔 도리가 없을 테다. 세 번째는 좀 한심하지만, 그렇게 무리를 해서까지 영업 수익[2]에 집착하지 않아서다.

나라면 그 손님에게 "정말 감사한 이야기지만 보시는 대로 나이가 많아서 체력이 달리네요. 그 정도 장거리를 뛰었다가 만약 제 몸에 무슨 일이 일어나면 손님께도 돌이킬 수 없는 일이 될 수 있으니 죄송하지만 다른 차를 찾아보시겠어요?"라며 거절할 것이다. 정말 솔직하게 이게 진심이다. 하지만 토야마 씨는 그 제안을 받아들였다.[3]

토야마 씨는 "제가 속아도 괜찮다고 생각했어요. 그때는 전부 자비로 메꿀 각오를 하고 있었죠"라고 말했다. 이것도 어디까지가 진담인지 모른다. 일이 끝난 후에는 무슨 소리든 할 수 있다.

택시 연료는 LP가스이며 연료를 넣을 수 있는 충전소가 한정되어 있다. 도야마만큼 장거리라면 연료를 채우지 않고 돌아갈 수 없다. 토야마 씨는 회사에 주기적으로 현재 위치와 연료 잔량을 전달해 LP가스 충전소 위치를 안내받으면서 주행했다.

---

2 입사하고 몇 년 동안은 다소 무리를 해서라도 영업 수익을 올리려고 했다. 하지만 마지막 몇 년은 완전히 그런 의욕을 잃고 말았다. 그런데도 한창 수익을 올려야 하는 밤 10시부터 선잠을 자는 동료도 있었다. 천하의 나는 그렇게까지는 할 수 없었다.

3 영업구역 내에서 50킬로미터를 넘는 곳에 갈 때는 승객에게 돌아갈 때의 고속도로 비용을 청구할 수 있다.

8시간에 달하는 주행으로 도야마에 도착했다. 버젓한 대문이 딸린 저택이었다고 한다.

"그 집을 봤을 때 택시비도 분명 받을 수 있겠구나 확신했죠."

토야마 씨는 웃으면서 이야기해주었다. 그런데도 집에서 돌아온 손님이 카드를 건네줄 때는 내심 마음을 놓았다고 한다. 요금은 약 20만 엔[4], 왕복주행거리는 약 800킬로미터였다.

그 손님에게서 "저를 믿고 이렇게 먼 곳까지 태워주셔서 정말 감사합니다"라고 감사 인사를 받았을 뿐만 아니라 집에서 가시고 온 많은 토산물까지 받았다고 한다.

"도야마는 정말 멀더라고요. 손님을 태우고 목적지까지 향하고 있을 때는 그나마 괜찮았는데, 특히 혼자서 돌아갈 때가 얼마나 멀게 느껴지던지. 낯익은 표지판이 나타났을 때 드디어 돌아왔구나 싶어서 마음이 푹 놓이더라고요. 그런데 역시 손님을 믿으려는 용기, 이게 중요한 것 같아요."

우쓰노미야까지밖에 간 적 없는 나에게 도야마까지 갔던 토야마 씨는 그렇게 자랑스럽게 이야기해주었다.

---

4 카드로 결제할 때는 1회 한도가 5만 엔이기에 4회 반복해서 긁었다고 한다.

파친코광
「 택시에 72시간 앉아 있어야 벌 수 있는 금액 」

취업활동을 할 때 본 회사 구인 안내란에는 '보너스 연3회'라고 되어 있었다. 금액은 적혀 있지 않았다. 확실히 보너스는 연간 3회 지급된다. 하지만 내가 생각하는 금액과는 한 자릿수가 달랐다. 대개 4~5만 엔으로, 영업 수익이 적으면 그에 비례해 더 줄어든다.[1]

보너스가 나온 후 상당히 소란스러운 곳이 있다. 회사 바로 옆에 있는, 이른 아침부터 영업을 하는 술집으로 술을 잘 못하는 나는 가지 않았지만 많은 동료들이 그곳에서 기분 전환을 했다. 동료 중에는 술과 도박을 아주 좋아하는 사람들이 차고 넘쳤다.

---

1 회사를 관두기 1, 2년 전에는 당번인 날을 절반 정도로 줄였기 때문에 보너스도 3만 엔을 밑돌고 있었다.

딱 한 번 동료와 저렴한 1박 여행[2]을 갔다. 나를 뺀 넷은 관광지 여행이 아닌 마시는 여행이라고 봐도 될 정도로 흠뻑 취할 만큼 계속 마셨다. 손님으로 태운 취객은 싫지만 주정뱅이 친구는 봐줄 만하다.

기사들 사이에서는 도박도 인기가 있었다. 경마, 경륜, 경정으로 사내 식당에서는 열띤 토론이 벌어지기도 했다. 나는 그 사이에는 끼지 않았다. 그런 내가 유일하게 빠진 것이 파친코였다. 근무 후 파친코에 매일 드나들던 시기가 있었다. 군자금 1, 2만 엔을 챙겨 들고 파친코 기계의 마수했다.

파친코를 처음 했던 것은 고등학교 시절로 우리 동네의 아담한 파친코 가게는 땅바닥이 아직 울퉁불퉁했다. 기계 상태가 좋지 않아 파친코 구슬이 나오지 않으면 드센 형들이 "왜 안 나오고 난리야!"라며 기계를 두드렸다. 그러면 뒤편의 단상에서 "그렇게 소리 안 질러도 다 들려!" 하고 아줌마가 화를 냈다. 목가적인 시대였다.

선 채로 구슬을 왼쪽에서 하나씩 넣어 오른쪽 엄지로 튕겼다. 초심자의 행운으로 처음에는 대박이 났다. 아직 환전에 대해 몰랐던 나는 대량의 메이지 초콜릿을 손에 넣었다. 행운인지 불행인지 나의 파친코 인생이 시작되었다.

2　이바라키현의 온천지로 매우 저렴한 버스투어를 갔다. 식사 두 끼가 딸려 있는 여행으로 1인당 1만 엔 이하였다.

한 번 유명 체인점에서 단시간에 대박이 연속으로 터진 적이 있다. '근육맨' 기계였다. 처음에는 행운이라고 생각했다. 그런데 잭팟이 멈추지 않았다. 평소에 애타게 바라던 대박을 멈추지 않는 기계에 갑자기 불안해져서 이제 멈추기를 바랐다. 역시 나는 평생 승부사는 될 수 없을 테다.

산더미처럼 쌓인 구슬 상자를 부러운 듯 보는 손님의 시선을 느꼈다. 환전하니 20만 엔이 되었다. 택시로 이 돈을 벌려고 한다면 72시간은 차에 타고 있어야 한다.[3] 그걸 단 몇 십 분 만에 손에 넣은 것이다.

고작 파친코에 이겼을 뿐이지만 천하라도 얻은 기분이라서 일

---

3   하루 근무(18시간)에 5만 엔이라고 치면 4일 근무한 금액이다. 18시간×4일 근무=72시간이 된다. 내 경우 하루 근무해도 영업 수익을 5만 엔 올리는 일은 그다지 많지 않고, 더구나 실수령액으로 따지면 20만 엔을 버는 건 더 힘들다.

본에 나보다 더 행복한 사람은 없다는 착각에 빠졌다. 역시 잭팟을 터뜨렸을 때의 쾌감과 고양감은 무엇과도 바꾸기 힘들다. 이런 체험을 하면 그 사실이 마음에 남는다. 사소한 패배 등은 전부 잊어버릴 만큼 강렬한 임팩트가 새겨진다.

개점 시간 전부터 가게 앞에 줄을 서서 앉게 된 기계에서 어지간해서 대박이 터지지 않을 때 눈에 핏발이 서고 머리가 부글부글 끓어오른다. 지면 질수록 이제 곧 대박이 터진다는 생각이 든다. 이겼을 때의 그 고양감을 추구한다.

지면 잃은 돈을 일상생활에 환산해서 생각한다. 그것도 살 수 있었다, 그 식사도 할 수 있었을 텐데 하고 반성한다. 하지만 아무리 져도 하룻밤 자고 나면 잊고 그 흥분을 추구해서 다시 가게 되는 게 파친코의 매력이자 두려움이다.

빚쟁이의 왕

「 고의로 사고를 내서…… 」

개인적으로 비가 오는 날에 택시를 이용하기도 했다.

어느 밤, 택시를 잡아타서 습관처럼 운전자증[1]을 보니 어딘가 낯익은 얼굴과 이름이었다. 우연찮게도 예전에 같은 영업소에 있던 요코야마 씨였다.

"요코야마 씨, 오랜만이네요. 저 기억하세요?"

"그럼요, 알죠. 센주 영업소에서 가끔 이야기 나눴던 우치다 씨잖아요."

---

1 운전자증을 교부받기 위해서는 택시센터에 반드시 등록해야 한다. 법인택시는 운전자증, 개인택시는 사업자승무증을 교부받고 차내에 표시해야만 영업할 수 있다. 운전자증은 귀고할 때마다 회사에 반납한다.

"가까워서 죄송하지만 다테이시까지 가주세요."

그런데 그가 몰고 있는 택시는 다른 택시 회사의 차였다. 나는 이유를 물었다.

"요코야마 씨, 왜 우리 회사를 관두고 다른 회사로 옮긴 건가요?"

"아, 실은 부끄러운 일인데 딸아이가 갈 사립고등학교 입학비용을 마련해야 해서……."

택시운전 경험이 있는 사람이 다른 회사로 옮기면[2] 그때 '입사축하금'을 주는 회사가 있다. 금액은 20~30만 엔 정도이다.

그가 말하기로는 딸아이의 고등학교 입학 비용으로 쓰기 위해 입사축하금을 목적으로 다른 회사에 다시 취직하기로 했다고 한다. 오랜 세월 일하던 회사를 관두고서까지 자금을 융통해야만 할 정도로 생활이 빠듯했던 것이다. 그처럼 간당간당한 생활을 하는 사람은 나를 포함해서 많이 있다. 기사 중에도 빈부격차는 있지만 내가 아는 한 유복한 사람은 없었다.

"그런데 딸이 그 입시에 떨어져서…… 공립으로 가서 입학비용도 저렴해졌어요. 좋은 일인지, 나쁜 일인지."

그리 말하며 그는 쓴웃음을 지었다. 얼마 안 되는 거스름돈은 받지 않고 내렸다. 그가 몰고 있던 게 대형 택시 회사 차라서 나는 조금 안심했다.

---

2 택시회사로서는 가르치거나 시험을 치는 수고를 들이지 않고 즉시 전력을 얻을 수 있으니 경험자는 어느 회사에 있어서나 귀중한 존재이다.

유복한 사람은 모르지만 빚쟁이라면 안다. 나보다 열 살 아래로 서글서글한 미소가 인상적인 마쓰바야시 씨다. 그는 붙임성도 좋고 차분한 성격이다. 예전에 잡화점을 경영했으며 외국에서 들어온 수입품도 다루고 있었다고 한다. 나도 예전에 잡화점과 거래를 한 적도 있어서 친해졌다.

　마쓰바야시 씨는 외국과의 잡화 거래로 사기나 마찬가지인 피해를 당해 거래처가 도산하는 바람에 장사도 뜻대로 풀리지 않아 결국 수백 만 엔의 빚더미에 올랐다. 그래서 잡화점을 접고 택시 업계로 전직했다고 한다.

　평소에는 싱글벙글 온화한 마쓰바야시 씨가 골몰한 표정으로 이런 말을 한 적이 있다.

　"고의로 사고를 내서[3] 보험금을 가로챌 생각이에요. 죽지 않을 만큼 한쪽 다리를 잘라내는 정도로 500만 엔쯤 받을 수 있어요. 나쁘지 않을지도 몰라요."

　평소답지 않게 진지한 표정을 짓고 있었다. 나는 놀라서 뭐라 대답했는지 기억나지 않는다.

　나도 빚을 짊어지고 괴로워한 경험이 있지만, 자신의 몸에 상처를 내면서까지 돈이 필요하다고 생각한 적은 없다. 그렇지만 빚을 떠안았을 때의 괴로움과 버거움을 알고 있는 몸으로서 그의 심정

3　그는 진심이었는지, 사고를 낼 예정이라는 도내 모처 벽에 대해서까지 알려주었다. 하지만 아무리 각오를 해도 스스로 벽에 처박는 건 불가능하지 않을까.

을 이해 못 하는 것도 아니었다.

그로부터 얼마 지나지 않아 사내에서 마쓰바야시 씨의 모습을 볼 수 없게 되었다. 이 직업은 상당히 친해진 사람 말고는 모르는 사이에 사라지듯 퇴사를 한다. 일반 회사처럼 퇴사 시에 동료들 앞에서 인사를 하는 일은 없다. 한 해에 한 번 있는 채용시험을 본 후에 하는 입사도 없고, 상시모집과 상시입사[4]를 하고 있어서 직원이 드나드는 일이 빈번했다.

마쓰바야시 씨의 모습을 보지 못하게 된 지 몇 해가 지났다. 어느 날 아사쿠사 코쿠사이도리에서 대기하고 있는 내 차의 창을 똑똑 두드리는 사람이 있었다. 누군가 싶었더니 마쓰바야시 씨였다. 예전과 다름없는 싱글벙글하는 온화한 미소로 "정말 오랜만에 뵙네요. 잘 지내셨어요?"라고 말을 걸어왔다.

"택시는 이제 관뒀어요. 지금은 경비원이에요."

나는 무심코 그의 다리 언저리를 보았다. 그의 다리는 양쪽 다 무사했다.

---

4 채용담당자로부터 "날 살린다고 생각하고 사람 좀 소개해줘요"라고 열띤 말을 들었다. 관두고 다른 회사로 옮겨 이적 시에 나오는 축하금을 얻는 '철새'가 많아서 당시에는 인력이 부족했다.

올 게 왔군
「 전형적인 사기꾼의 수법 」

토요일 저녁 무렵이었다. 우에노에서 탄 50대로 보이는 손님은 화려한 무늬의 셔츠를 입고 풍채가 좋았다. 목적지를 시부야라고 말한 후 "기사님, 야구는 어떤 팀을 좋아하세요?"라고 싹싹하게 말을 걸어왔다. 이쪽의 심기라도 살피는 듯한, 택시 승객으로서는 드문 태도에 경계심이 솟구쳤다.

"지금부터 시부야에서 누굴 만날 거예요. 잠시 회의를 하고 끝나면 바로 그길로 요코하마에 가려고 해요."

우에노에서 시부야, 더구나 요코하마까지 가면 총액 2만 엔 정도 영업 수익이 난다. 운전기사로서 '쏠쏠한 일'이다.

"그런데 말이죠, 제가 우에노에서 막 사용하는 바람에 지금 때마침 현금을 가지고 있지 않아서요. 시부야에서 만날 사람한테 수중에 돈이 없다는 소리도 할 수 없으니 죄송한데 3만 엔 정도 빌려주실 수 있나요? 물론 요코하마에 도착하면 바로 돌려드릴게요."

올게 왔군. 이건 전형적인 사기 수법이었다. 나는 경계하면서 평정을 가장해 이렇게 대답했다.

"지금 제가 가진 돈은 2만 엔밖에 없습니다. 손님께서 시부야에서 만나시는 분과 이 택시 안에서 만난다면 빌려드리겠습니다."

남성은 "흐음" 하고 생각에 잠겼다. 그 이후 남성의 말수는 거의 없어졌다. 이러고 저러는 동안에 목적지인 시부야가 목선에 왔다.

"그럼 파출소 앞에서 내려주세요. 파출소라면 안심할 수 있죠?"

남성이 그리 말해서 나는 차를 시부야역 앞 파출소에 정차했다. 그러자 남성이 "바로 돌아올 테니 여기서 기다려주세요"라고 말하고 차에서 내리려고 했다.

"차 밖에는 안 나가겠다고 약속했잖아요?"

내가 대답하자 남성은 조금 전까지의 저자세와는 180도 다르게 거칠게 말하기 시작했다.

"잠시라고 했잖아요! 사람 좀 믿어요!"

이대로 내리고 만다면 이제 두 번 다시 돌아오지 않을 테다. 우에노에서 여기까지 요금 5000엔을 떼어먹힌다.

"그렇다 해도 방금 처음 만난 사람을 믿을 순 없죠."

나도 물러서지 않자 얼마 안 가 표정이 변하며 거칠고 난폭한 모습을 드러냈다.

"손님이 내리겠다는데 문 열라고! 손님을 못 내리게 하겠다는 거야? 당신 이름이랑 얼굴 기억해놨어. 내가 그냥 넘어갈 줄 알아?"

얼토당토않았지만, 어쩔 수 없었다. 내가 뜻을 굽혀서 문을 열었다. 남자는 재빨리 차에서 내려 붐비는 시부야에 섞여들었다. 물론 그길로 돌아오지 않았다.

바로 옆에 있는 시부야역 앞 파출소에 달려갈 수도 있었다. 하지만 실제로 택시라는 둘뿐인 밀실에서 끔찍한 일을 당하는 것보다 5000엔 정도 받지 않고 끝내버리는 게 나았다. 그런데도 수업료라고 생각하기에는 자신의 나약한 마음이 한심하게 느껴졌다.

하루 영업을 끝내고 귀고해서 그 건을 보고했다.[1] 사무직원은 "당했네요"라며 동정의 한마디를 건넬 뿐 비난하지 않았다. 이건 자기책임이니 당연하지만 충당해주지 않는

---

[1] 의연하게 대처하지 못했다는 생각이 들어서 보고할까 말까 망설였다. 하지만 같은 수법으로 누군가가 속으면 안 된다는 마음에 전하기로 했다.

다. 녀석의 택시 요금을 내가 자비로 지불해야 한다 싶으니 갈수록 열이 받았다.

이튿날 조례에서 이 건이 보고되어 모두가 조심하도록 알림을 받은 모양이다. 내 이름은 가려져 있었던 모양이지만 이런 이야기는 금방 널리 알려진다.

나중에 동료 택시기사가 "힘들었겠어"라고 말을 걸었다. 좁은 사내에서 남의 실패담은 엄청난 속도로 퍼지는 법이다. 배려해준 것일지도 모르지만, 이 사람한테도 알려졌다 싶으니 기분이 썩 좋지 않았다.

이 이야기는 이걸로 끝이 아니다. 그 몇 주일 후 우에노에서 다시 그 남자가 내 택시를 탔다. 남자는 내 얼굴을 기억하지 못했지만, 이쪽은 평생 잊을 수 없다. 타는 순간에 녀석이라는 걸 감지했다. 그런 것도 모르고 남자는 "기사님, 시부야까지 가줘요"라고 말했다.

여기서 만난 게 절호의 기회로, 그때의 억울함이 되살아나서 이번에는 뻔뻔하게 나가기로 했다.[2]

"어이! 언제까지 이런 짓을 할 생각이야? 내가 기억 안 나나 본데 이쪽은 네 얼굴을 기억하고 있거든? 몇 주 전에 너한테 돈을 떼어 먹힌 멍청한 기사라서 말이지. 저기 파출소에 데려다주면 돼? 저

---

2 평소라면 어떻게 해야 할지 망설였을지도 모르지만 이때는 머리로 피가 솟구쳐서 단숨에 말이 나왔다.

번에는 내가 바보 같았지만 오늘은 그렇게 순순히 일이 풀리지 않을 거야. 그런데도 탈 작정이야?"

그리 말하자 남자는 놀라서 어안이 벙벙한 표정으로 눈이 휘둥그레져 아무 말 없이 냉큼 내렸다.

이렇게 택시가 많은데 다시 만날 확률은 얼마나 될까. 아니면 매일같이 이 우에노에서 같은 짓을 저지르고 있을까. 그렇다면 나 말고도 똑같이 협박당한 피해자가 있었을지도 모른다. 그때 내가 좀 더 용기를 가지고 대응했더라면 반복되는 일도 없었을 테다. 그리 생각하자 그대로 파출소로 끌고 가도 좋았겠다 싶었다. 아, 그러고 보니 떼어먹힌 5000엔을 청구하는 걸 잊고 말았다.

필사적인 설득
「 택시티켓 손님은 통 큰 손님 」

당사의 이름이 들어간 전용 택시티켓[1]은 플래티넘 티켓이라고 해서 최상 등급의 손님을 말한다.

밤에 신바시역 부근에서 대기하고 있었다. 나 말고 몇 대나 대기하고 있는 택시에는 시선도 주지 않고 40대 남성 승객이 내 택시에 올라탔다.

"겨우 찾았네요. 기사님 회사 택시는 이 부근에서는 찾아보기 힘

---

1 정산 시 택시티켓 요금은 손님이 기입하는 게 원칙이다. 흠뻑 취한 손님이 "나중에 알아서 써요"라는 말을 하고 내리면, 귀고해서 그 백지 티켓과 금액 영수증을 함께 사무직원에게 내서 써달라고 하게 정해져 있다. 취객이 한번 숫자를 잘못 기입해서 다시 써달라고 부탁했다. 귀고하고 나서 수정한 게 부정을 저질렀다는 의심을 받아 무효로 취급받았다. 자비로 납입했다.

들거든요."

티켓은 접대용으로 이른바 '거마비'로 건네받는 경우가 많다. 이런 고객은 신분이 확실하고 내가 아는 한 모두 신사숙녀이며 이상한 손님이었던 적이 없다.

남성 고객이 수도고속도로의 시오도메나들목으로 들어가 시바우라의 고시키바시 부근까지 가달라고 했다. 지시대로 시오도메에서 수도고속도로를 탔으나 그만 시바우라의 출구를 지나치고 말았다. 다음 출구에서 빠져나가야 해서 초조해졌지만, 다음 출구가 좀처럼 나오지 않았다.

등에 시선을 느끼고 식은땀을 흘렸다. 백미러 너머[2]로 손님을 보니 운이 좋게도 자고 있었다. 오늘은 아무래도 운이 좋은 날인가보다. 손님이 모쪼록 그대로 잠들어 있어주기를 바라면서 겨우 스즈가모리 출구에서 빠져 일반도로로 돌아왔다. 하지만 7킬로미터 가까이 지나쳐 버렸다.

목적지에 도착해서 잠들어 있던 승객에게 "오래 기다리셨습니다. 도착했습니다"라고 태연하게 말할 수 있는 뻔뻔함을 이 무렵에는 가지고 있었다. 눈을 비비면서 "벌써 도착했어요? 감사합니다"라며 손님은 아무 일도 없었다는 듯 내렸다.

티켓 손님은 평소 요금보다 다소 높게 나와도 자비가 아니라서 신경 쓰지 않는다. 이상한 손님이 없고 장거리 손님이 많은 데다

---

2 목적지에 도착해 요금에 대해 말할 때 말고는 뒤돌아서 승객의 얼굴을 보지 않는다.

요금으로 다투는 일이 없다. 택시티켓 손님은 대개 당첨 복권이나 마찬가지다.

아사쿠사에 있는 유명한 료테이 음식점은 우리 택시기사에게 있어서 당첨 손님을 만날 수 있는 장소 중 하나다.

오후 9시가 지나 근처에서 방황할 때 무선이 들어와 내가 맡게 되었다.[3] 이 료테이에서 나온 손님을 몇 번인가 태운 적이 있었고 하나같이 장거리 손님이었다. 어느 정도 영업 수익을 기대할 수 있었다.

가게 앞에 짧은 겉옷인 한텐을 입은 지배인이 나와서 택시기사에게 직접 지시를 내렸다. 지배인의 지시대로 료테이 앞에 차를 대고 잠시 있으니 몇몇 게이샤들의 배웅을 받으며 한 노신사가 나왔다. 70대쯤 될까, 고급스러운 맞춤 슈트를 입고 어딘가의 기업의 회장 같은 포스를 풍겼다. 목적지는 지바일까, 사이타마일까, 또는 요코하마일까 기대가 높아졌다.

접대하고 있었던 듯한 슈트 차림의 남성이 택시티켓을 건네면서 "지바 야치요의 자택까지 부탁드립니다"라고 말했다.

머릿속으로 대략적인 요금을 계산했다. 아사쿠사에서 야치요라

---

3 무선을 받은 것만으로도 행운이었다. 이 당시 회사는 연달아 중소형 택시 회사를 흡수해서 그룹 회사가 되었다. 그 때문에 택시 수가 큰 폭으로 늘었고 회사 안에서도 경쟁이 치열해졌다. 실제로 이때 수배된 다섯 대 중 네 대는 그룹 회사 차였다.

면 틀림없이 만수(万収)⁴ 확정이었다.

그날 영업 수익은 아직 3만 엔에 이르지 못했지만, 여기서 1만 엔 이상 나오면 귀고할 때까지 5만 엔도 노릴 수 있다. 마음속으로 주먹을 불끈 쥐었다. 기품 있어 보이는 남성이니 트러블도 없을 테다. 일이 잘 풀릴 듯했다. 정중하게 인사를 하고 기분 좋게 달리기 시작했다.

달리자마자 노신사가 이렇게 읊조렸다.

"저기 도영 아사쿠사역에 내려주면 돼요."

'뭐라고요?'

얼떨결에 목소리가 나올 뻔했다. 이런 말도 안 되는 일이. 이래서는 내 계획이 어그러지고 만다. 어떻게 할 수 없을까, 하고 나는 필사적으로 설득하기 시작했다.

"조금 전 회사분한테서 중요한 고객님이니 안전하고 확실하게 자택까지 모셔다드리라는 말을 들었습니다. 그러지 않으면 나중에 '왜 자택까지 안 모셔드렸느냐'고 혼이 나는 경우도 있습니다……."

"아니요, 상관없어요. 괜찮으니 저쪽에서 세워줘요."

이런 말을 듣고 나니 더 이상 어떻게 할 수 없었다.

아사쿠사역 앞에 세워서 가지고 있던 티켓을 돌려드리고 미터 요금을 현금으로 받았다. 예약 요금 400엔, 미터기 요금 730엔의

---

4 1만 엔을 넘는 영업 수익. 밤 손님 중에 많다.

합계 1130엔. 기대가 머리 꼭대기까지 치달아 있었으나 참으로 한심한 결말이었다.

기도해야만 했다
「 다양한 손님 」

　무선을 받고 료고쿠로 갔다. 손님인 듯한 서른 전후로 보이는 여성이 서 있었다. 한 살이 될락 말락 한 아이를 끌어안고 있었다. 태우고 나니 목적지는 고토구 미나미스나라고 했다.

　여성은 차 안에서 아이의 동작, 얼굴의 표정, 몸짓에 반응하면서 "아 그렇지, 잘 아네, 아이고 대단해라, 그렇지?"라고 계속 말을 걸고 있었다. 한마디 한마디의 어감에서 엄마의 자애로움이 느껴졌다. 아이는 울지도 않고 소리를 내지도 않고 쭉 얌전하게 있었다.

　도착한 장소는 소아과 전문 병원이었다. 요금을 받을 때 아이의 코에 튜브가 꽂혀 있는 걸 알아차렸다. 남자아이인지 여자아이인지도 모르고 그 아이의 병이 무엇인지도 나는 모른다. 택시기사는 그저 손님을 몇 십 분 동안 태우기만 하는 존재이다. 할 수 있는 게 아무것도 없다. 그런데도 손님이 무사하기를 건강하기를 행복하기를 빌지 않을 수 없다.[1] 내려서 그 아이를 끌어안고 걷기 시작하는 어머니의 뒷모습에 모쪼록 아이가 회복할 수 있도록 고개를 숙여서 기도했다.

해 질 녘, 무선으로 불려간 장소인 우에노 스즈모토 극장 앞에 도착하자 고령자 두 사람이 기다리고 있었다. 이름을 확인하기 위해 내려서 다가가다가 두 사람 다 맹인이라는 사실을 알았다. 지팡이도 짚고 있지 않아서 옆으로 갈 때까지 그런 줄 몰랐다. 아마도 부부인 모양이었다.

이전에 딱 한 번 맹인견을 데리고 있는 손님을 태운 적이 있었다. 무선으로 지시받은 장소로 가자 흰색 지팡이를 짚은 사람과 개가 함께 붙어서 기다리고 있었다. 말을 걸어 뒷좌석까지 안내해서 시각장애인의 비어 있는 쪽 손으로 차 지붕을 만지게 해서 차 높이를 확인시킨 후에 타도록 했다. 그러자 그에 이어 맹인견이 차에 뛰어들어 발 언저리에 살포시 누워서 얌전하게 있었다. 다소곳하고 꼼꼼하게 에스코트하는 모습이 집사처럼 모였다.

---

[1] 한겨울에 눈이 오는데 심야 3시에 젊은 여성이 혼자서 공사현장으로 가는 차를 안내하고 있었다. 신호를 받아 여성의 옆에 정차해서 손님에게 갓 얻은 따듯한 캔커피를 건네주었다. 얼굴의 절반을 목도리로 뒤덮은 그녀는 가볍게 인사를 하고 받아주었다.

우에노 스즈모토 앞의 부부는 데리러 와줬다는 사실에 공손히 감사 인사를 하고 차에 올라탔다. 고마쓰가와까지 가달라고 했다.

"역시 야나기야 고 씨[2]는 대단해요."

할머니가 할아버지에게 말을 걸었다.

"말투를 에도 사투리로 설정 안 해서 이해하기 쉬워서 좋았던 것 같아."

할아버지도 그리 대답하며 오늘 공연에 대해 여러 가지 이야기를 나누고 있었다. 말하는 모습에서 보건대 두 사람은 같이 꽤 많이 만담을 들으러 가는 모양이었다.

그들이 말한 목적지 근처에 와서 달리고 있는 장소의 풍경을 전해주었다. 그 부근의 정경은 모두 머릿속에 들어와 있을지도 모른다. 익숙한 모습으로 지시를 내려주었다.

"거기 세 번째 전신주에서 내려주세요."

함께 내려 손에 손을 맞잡고 걸어가는 모습을 보자 사이 좋은 두 사람이 인생을 구가하고 있는 느낌이 전해져왔다.

가업이 도산했을 때 나는 형식상 아내와 이혼했다. 29세에 두 살 연하인 아내와 함께하게 된 후 20년에 달하는 결혼생활은 그런대로 양호했다고 나 자신은 생각한다. 빚 문제로 아내에게 누를 끼치게 되는 걸 피하려고 이혼했지만, 회사를 정리하기로 결정이 나도 다시 아내와 함께 하고자 하려는 의지도 없었고 더불어 사는 일도

---

2 일본에서 5대째 내려오는 만담 가문의 첫 중요무형문화재.

없었다. 아내도 나도 혼자 살기를 선택했다.

아들이 해마다 한 번 우리를 초대해서 여행을 데리고 가주었다. 얼굴을 마주하는 건 그때뿐이다.

"아들에게 민폐를 끼치는 일만큼은 없도록 하자."

우리는 늘 그리 이야기를 나눴다.

손에 손을 맞잡고 걸어가는 노부부의 뒷모습에서 이상적인 부부 상을 본 듯한 느낌이 들었다. 나도 아내와 줄곧 같이 살아갔더라면 그런 부부가 될 수 있었을까.

스카우트
「 노신사의 어떤 제안 」

2008년 9월에 일어난 리먼쇼크[1]는 전 세계를 크게 바꿔버렸다. 밤거리에서 사람이 사라졌다. 있다고 해도 택시에 타지 않고 빠른 걸음으로 역으로 향하는 사람뿐이었다. 회사 접대비 삭감은 택시 업계를 직격했다. 당첨인 티켓 손님도 사라졌다. 2, 3년 후에 조금 회복되었지만 내가 일을 시작한 2000년 무렵의 수준까지 돌아가는 일은 끝내 없었다.

2011년이 된 지 얼마 안 돼 간다역에서 손님을 태웠다. 다바타까

---

1 뉴스로 알았을 때는 금융 관련 분야만의 문제라고 우습게보았다. 하지만 그 후 주식 급락 등으로 온갖 분야에 영향을 끼쳤다. 이럴 때 제일 먼저 영향을 받는 것도 택시 업계이다.

지 가달라고 했다. 슈트를 입은 예순 전후의 남성이었다. 여기서부터라면 2000엔 하고 조금 더 나올 거라고 머릿속으로 계산했다.

승차해서 잠시 잡담을 나누고 있었다. 그런데 그 남성이 갑자기 "기사 양반, 이대로 택시 운전을 계속할 생각이오? 괜찮다면 우리한테 오지 않겠소?"라는 말을 꺼냈다. 아무리 그래도 만난 지 아직 10분 정도밖에 지나지 않았다. 내 접객 태도[2]를 좋게 평가해준 것은 기쁘지만, 갑자기 그런 제안을 하니 택시기사라는 직종이 무시당하고 있는 듯한 기분이 들기도 했다.

예를 들어 남성이 신칸센 차장의 접객 태도가 좋다고 해서 스카우트를 할까. 하지 않을 테다. 택시기사라면 이야기에 응할 것이라고 생각하는 걸 테다. 모나 보이지 않도록 정중하게 거절했다.

"이거, 내 명함이오. 우선 받아두구려. 무슨 일이 있으면 전화해주고."

그렇게 계산할 때 명함을 건네받았다. 그곳에는 건설업자로 보이는 회사명이 쓰여 있었다. 이름 옆에 '대표이사 사장'이라는 직책이 있었다. 길에서 잡아탄 택시 운전기사를 스카우트하다니 어지간히 인재가 궁한 걸까. 갈수록 그런 미심쩍은 회사에 전직할 마음이 들지 않았다.

마찬가지로 스카우트 제안을 받은 동료가 있었다.

---

2 영업 수익도 도내 지리감도 특별히 자랑할 만한 면이 없는 나라고 해도 접객 태도만큼은 자부심을 가지고 있다. 최고의 서비스는 역시 접객이 아닐까.

시마무라 씨는 연예기획사 사장이라고 하는 인물에게서 스카우트를 받았다고 한다.

"그 녀석이 하는 말로는 '택시기사를 하기에는 아깝다. 꼭 우리 회사로 와서 내 오른팔이 되어달라'고 하더라고. 택시기사를 우습게 보는 거야 뭐야. 흥미 없어요, 라고 바로 거절했어."

휴게실에서 캔커피를 마시면서 시마무라 씨는 그렇게 분개했다.

"이게 그 녀석이 두고 간 명함이야"라며 그가 보여준 명함에는 이 또한 수상쩍은, 들어본 적도 없는 연예기획사 느낌을 자아내는 명칭이 기재되어 있었다.

"지금까지 해온 일이 지긋지긋해서 택시 업계로 전직했으니 이 나이에 또 바꿀 생각 없어. 우치다 씨도 그렇지 않아요?"

나는 크게 고개를 끄덕였지만, 시마무라 씨한테는 감추었으나 부끄럽게도 스카우트에 마음이 흔들린 경험이 딱 한 번 있었다.

2009년 봄, 오전 11시 무렵 아사쿠사바시역 앞에서 손님이 탔다.

이 사람은 보기에도 고급스러운 재킷을 입고 있었다. 나이는 여든이 넘어 보였는데, 풍성한 백발을 깔끔하게 정돈하고 골고루 손질이 잘된 수염을 기르고 있었다.

15분 정도 이야기하면서 노신사는 "일로 아사쿠사바시와 메지로를 한 주에 4~5번 왕복하고 있소. 아침에 갔다가 저녁 무렵에 돌아오기만 하면 돼요. 더구나 하루에 한두 번 이동하면 되고 말이죠. 그것 말고는 대기해주기만 하면 돼요. 그러니 내 전속 운전기사가 되어줄 수 있소?"라는 말을 꺼냈다.

나는 물었다.

"실례지만, 그 말씀은 회사에 채용된다는 뜻인가요?"

"그렇소. 내가 경영하는 회사가 당신을 고용하는 거요. 그런데 일은 날 바래다주고 데려오기만 하면 되고 말이오. 월급도 지금 당신이 받고 있는 것보다 반드시 많이 나올 거고 말이오.[3]"

몹시 구체적으로 월급 이야기까지 나왔다. 나쁜 사람은 아닌 것 같았고 이야기도 거짓말 같지 않았다.

리먼쇼크로 그때까지 벌어들이던 수입이 20~30퍼센트 떨어진 시기였다. 아침과 저녁과 낮에 바래다주고 데리고 오는 것만으로 지금 이상의 월급을 약속받는다면 솔직히 나쁜 이야기가 아니었다. 이때 마음이 흔들렸다. 하지만 그의 나이와 안정성 등을 고려해서 이 이야기는 거절했다.

그로부터 몇 년 동안 일하는 중에 꺼림칙한 일이 일어나면 그 노인의 전속 기사가 되었더라면 어떻게 됐으려나 하고 현실도피 같은 망상을 부풀려 하곤 했다.

---

3 내 월급을 듣지도 않고 그리 단언했다. 내가 월 100만 엔을 버는 아주 유능한 기사였다면 어떻게 했을까. 음, 그럴 리가 없다고 언뜻 보고 간파한 걸까.

꼬마 단골
「 세상 물정 모르는 도련님 」

아침 8시, 메구로의 고급 주택가 안에 있는, 한층 더 눈에 띄는 호화로운 아파트 앞에서 나는 무선 고객을 기다리고 있었다. 내 앞에는 나와 마찬가지로 무선으로 불린 듯한 다른 회사 택시가 서 있었고 기사는 차 밖에서 손님을 기다리고 있었다.

비가 내리고 있기도 해서 나는 손님이 보이면 바로 나가도 늦지 않을 듯하니 차 안에서 상황을 살피고 있었다. 그러자 초등학생으로 보이는 남자아이가 휴대 전화를 귀에 대면서 입구에서 나왔다. 대기하고 있던 기사가 인사를 하고 뒷좌석 문을 열었고 남자아이는 돌아보지도 않고 차에 올라탔다. 택시기사도 초등학생도 상당히 익숙한 모습이었다. 마치 회사의 중역 같은 태도여서 나는 놀랐다. 초등학교 3, 4학년으로 보이는 그 아이는 평일인데 책가방을 가지고 있지 않았다. 차는 그길로 사라졌다.

얼굴이 똘똘해 보였지만, 그 택시기사에 대한 태도를 보고 뭐라 형용할 수 없는 기분이 들었다. 그 아이에게 있어서는 이게 당연한 걸까.

2008년, 세간에는 롯본기힐스족[1]이라고 일컬어지는 젊은이들이 활개를 치고 다녔다. 당시 롯본기 부근에서 승차하는 IT와 관련 있어 보이는 비즈니스맨은 택시 기사를 턱으로 부리는 사람도 많았다. 20, 30대로 보이는 그들은 훨씬 연상의 기사들을 부하처럼 대했다.

당시에 나도 "긴자까지 가줘"라는 말에 달리기 시작하자 "대답 안 해?"라는 소리를 들은 적이 있다. 대답을 했었다고 생각하여 "조금 전에 '네'라고 대답했습니다"라고 하자 "안 들렸어. 큰 소리로 해"라며 상대가 화를 냈다. 물론 그렇지 않은 손님도 있었지만, 힐스족은 전반적으로 기사들이 싫어하는 손님이었다.

사람은 누구나 주변의 방식에 영향을 받는다. 동료가 택시기사를 매정하고 무자비하게 대하면 알아차리지 못하는 동안에 자신도 그렇게 된다. 근묵자흑인 것이다.

---

1 2000년대, 롯본기힐스 모리타워에 본사를 둔 벤처기업이나 투자펀드 등에서 일하는 사람이나 그곳에 거주하는 주민들을 이렇게 칭했다.

메구로에서 본 초등학생이 내 승객이었다면 하고 생각했다. 물론 평소대로 공손하게 대하여 목적지까지 바래다줄 테다. 하지만 왠지 응어리가 맺힐지도 모른다. 다음에 의뢰가 들어와도 거절할 것이다.

　그 애가 이렇게 하는 걸 당연하다고 착각하는 것도 어쩔 수 없다. 하지만 그걸 가르치는 게 부모의 소임이 아닐까.

　그로부터 10년 이상이 지났다. 어른이 된 그는 차 밖에서 우산을 쓰고 기다리는 자의 심정을 이해하는 사람이 되었을까. 그때의 광경을 떠올리고 자신은 세상물정 모르던 도련님[2]이었다는 사실을 돌이켜볼 줄 아는 사람이 되었기를 바란다.

2　연수를 받던 중 어느 교관이 해줬던 이야기가 인상에 남아 있다. 교관이 어릴 적에 아버지와 함께 택시에 타고 내릴 때 "잔돈은 괜찮습니다"라고 한 말에 기사가 정말 기뻐했다고 한다. 그 모습을 본 교관은 중학생 시절에 기사가 기뻐할 거라고 생각해 똑같이 행동했다고 한다. 그러자 기사가 "학생, 그 돈은 네가 번 돈이 아니잖니? 그런 행동은 일해서 돈을 벌게 됐을 때부터 하도록 하렴"이라고 타일렀다고 한다. 교관은 기사의 말에 감명받아서 이 길로 들어섰다고 한다.

속임수
「 특별지구 긴자 」

긴자는 일본에서 보기 드문 특별지구[1]로, 구역과 시간에 따라서 지정 장소 외에서는 손님을 태울 수 없다. 동료 중에는 긴자 손님은 장거리 신사가 많아서 좋아하는 사람도 있다. 나는 그 복잡한 룰이 애매해서 가까이하지 않으려고 했다. 하지만 다른 장소에서 태운 손님이 "긴자 나미키도리"라고 하면 가는 수밖에 없다.

이 부근은 택시센터[2] 담당자가 빈번하게 순회를 한다. 만에 하나

---

1 긴자에서는 5초메에서 8초메에 이르는 일부 지구에 국경일, 휴일을 뺀 날의 오후 10시부터 이튿날 오전 1시까지 택시 승강장 말고 다른 곳에서는 택시 승차가 금지된다.

2 도쿄 택시의 등록, 지도, 연수 등을 실시하는 공익재단법인이다. 예전에는 '도쿄택시 근대화센터'라고 불렸다. 이곳에 손님으로부터 클레임이 들어가면 클레임을 건 사람의 이름, 주소 등을 확인한 후에 주장이 사실이라는 게 확실시되면 기사와 소속 회사의 운전관리자가 출두하기를 명령한다. 고객의 클레임 말고도

지정된 장소 말고 다른 곳에서 손님을 태우는 게 발각되면 승무정지처분이나 이틀에 걸친 연수를 받아야만 한다. 긴자에서 손님을 내려주면 나는 바로 표시판을 '회송'으로 바꿔서 문도 잠그고 도망치다시피 그 자리에서 이동한다.

모 대학 학장을 태우고 아카사카, 긴자로 하루 종일 동행한 적이 있다. 밤 9시를 지나 긴자에 있는 술집 앞에서 내려주자 "돌아올 때까지 기다려주시게나"라고 그가 말했다. 하지만 밤의 긴자에서 노상주차로 대기할 수 있는 장소가 없다. 어떻게 해야 할지 난처해하고 있으니 학장은 "한 바퀴 돌아서 5분 정도 지나 다시 이곳에 와주면 돼요"라고 말했다.

그 말대로 빙그르 한 바퀴 돌고서 돌아오자 포터라고 불리는 주차관리인 덕분에 공공도로인데도 나를 위한 공간이 확보되어 있었다. 공공도로인데 이러한 암묵적인 룰이 있는 것도 긴자만의 규칙이며 학장은 그 룰을 사용할 만큼 단골이었던 것이다.

남성이 내 택시를 향해 손을 들었다. 긴자 외곽에 승차금지 구내가 아닌 교바시 부근이기도 해서 '빈차'로 달리고 있었다. 60대로 머리숱이 상당히 적었지만, 건장한 신사였다. 그는 타지 않고 택시티켓을 건네주었다.

"이걸로 이 여성분들을 바래다줘요."

승차 거부, 미터기 부정 사용, 우회 운행 등도 대상이 된다.

그리 말하고 뒤에서 기다리고 있던 호스티스 느낌의 세 여성을 "어이, 내가 택시 잡았어"라며 큰 소리로 불렀다. 여성들은 그 신사에게 "덕분에 택시로 가네요. 감사합니다" 하고 저마다 감사 인사를 하면서 차에 탔다.

차가 달리기 시작하자 기분 좋게 바깥에서 손을 흔드는 신사에게 싱긋 웃으며 손을 흔들어 답하고서 말했다.

"저 대머리 자식, 또 만지는 거 있지?"

"저놈은 늘 그렇다니까."

조금 전과 180도 다른 말투로 대화를 나누고 있었다. 그녀들에게 내 존재는 안중에도 없었을 테다. 손님을 두고 벌인 악담 대잔치는 각자의 집에 도착할 때까지 장황하게 이어졌다. 긴자에서는 일을 그다지 많이 해보지는 않았지만, 이렇게 여우와 너구리가 서로가 서로를 속이는 현장[3]을 보는 것도 그곳의 묘미였다.

3　시나가와에서 긴자까지 가는 남성 승객이 말했다. "기사님, 술집 여자가 말이죠, '오늘은 당신을 위해서 기모노를 입고 왔어요. 꼭 와주세요'라네요. 내가 아니라 내 지갑을 기다리고 있는 거면서."

녀석의 거짓말
「 '서민의 아군'의 정체 」

반장 중 한 사람으로, 50대의 마른 몸에 동그란 안경을 낀 시노자키 씨는 인품이 성실해서 나도 존경하고 있었다. 어느 날 그 시노자키 씨가 나한테 "손님 중에 한 사람, 도저히 용서할 수 없는 녀석이 있어서요"라고 말을 걸어왔다. 평소의 시노자키 씨는 신사적인 인물로 손님뿐만 아니라 동료의 험담을 하는 것도 들은 적이 없었다. 그가 그렇게까지 말한다면 정말 심한 일이 있었겠다 싶어서 흥미진진하게 그 이야기의 다음을 들었다.

'녀석'은 유명한 여성 해설자였다.

시노자키 씨는 무선을 받아 '녀석'이 사는 아파트로 갔다. 도심의 대규모 고층 아파트였다고 한다. 그곳에서 그녀를 태우고 목적지로 향했다. 고층 아파트의 지하 주차장은 넓고 복잡한 경우가 많다. 시노자키 씨는 출구를 몰라서 그녀에게 "출구는 어딘가요?"라고 물었다.

"그걸 내가 알 리가 없잖아요!"

그녀는 갑자기 큰 소리로 고함을 질렀다.

목적지는 요코하마시 아오바구에 있는 미도리야마 스튜디오였다. 목적지 부근에 도착해서 만약을 대비해 시노자키 씨가 "저 건물이지요?"라고 묻자 "처음인데 내가 어떻게 알아요!"라며 또다시 소리를 질렀다고 한다. 시노자키 씨의 차에 타고 있는 동안 그녀가 뱉은 건 그 두 마디뿐이었다고 한다.

시노자키 씨는 20년 이상 이 일을 하고 있지만, 취객이 아닌 승객에게 자신의 실수도 아닌데 일방적으로 노성을 뒤집어쓴 적은 없었다며 속상해하고 있었다. 마치 노예나 하인을 부리는 듯한 말투였던 모양이다.

그런 '녀석'이 평소에는 서민의 아군 같은 얼굴을 하고 텔레비전에 출연하고 있다.

택시라는 밀실이 그렇게 만드는 것인지, 평소라면 절대로 보이지 않을 얼굴을 엿보게 할 때가 있다. 그게 그녀의 본성인 걸까, 어떤 걸까.

그 이후 시노자키 씨는 '녀석'이 나오면 텔레비전 채널을 돌렸다고 한다.

텔레비전에 나오는 사람[1]이 다들 이런 가면을 쓰고 있지는 않겠지만, 나도 이 이야기를 듣고 나서 텔레비전에서 그녀를 보면 '당신의 미사여구는 거짓뿐이고 아무리 대단한 말을 해도 설득력이 없어'라고 생각하게 되었다.

---

1 유명인도 몇 사람 태워봤지만 사인을 받는 행동은 당연히 금지되어 있다. 하지만 승차한 여배우의 광팬이라서 참지 못하고 사인을 부탁한 동료가 있었다. 그 자리에서는 배우가 순순히 응해주었지만, 나중에 회사에 클레임이 들어와서 그는 호되게 주의를 받았다.

드라마 출연

「 10시간 기다려서 10분간 한 일 」

텔레비전을 말하자면 나도 드라마에 출연한 적이 있다. 거만하게 드라마에 출연했다고 말하지만 출연한 건 차일뿐 나는 찍히지 않았다. 어느 여배우를 차에 태우는 기사 역이었다. 어찌된 일인지 우연히 내가 회사에서 지명[1]받았다.

회사에서 촬영 당일 아침 9시에 고토구 유메노시마공원에서 대기하라고만 지시했다. 나는 지시대로 9시 조금 전에 현장에 도착해서 그 자리에 있던 관계자에게 인사를 했다. "여기서 기다려주

---

1   이 일을 나한테 지시한 게 사무직원 야마다 씨였다. 평소 신경 써주는 걸 알고 있어서 흔쾌히 승낙했다. 택시기사에게 이런 생각을 하게 하는 건 그가 '일 잘하는 사무직원'이어서일 테다.

세요"라는 말만 듣고 몇 시간이나 그대로 있었다. 그곳에서는 촬영 현장도 보이지 않았다. 언제 불릴지 몰라서 택시에서 나갈 수도 없는 노릇이었다.

점심을 지나 조연출로 보이는 젊은 사람이 도시락을 가져다주었다. 스탭용이었는지 평소에 내가 먹는 도시락보다도 조금 호화로운 배달용 도시락이었다. 도시락을 다 먹고 나자 또 할 일이 없었다. 언제 부르러 올지, 무엇을 해야 할지, 아무 설명도 듣지 못한 채 불안한 마음으로 오로지 기다렸다. 아무것도 하지 않고 시간이 지나가기를 기다리는 것은 공허하다. 이럴 줄 알았더라면 책이라도 가지고 올 걸 그랬다.

해가 저물어갈 무렵 마침내 촬영 스태프 무리가 와서 분주하게 세팅을 하기 시작했다.

리허설에서 주연 여배우가 차를 탔다. 나는 운전석에서 문을 열고 아무 말 없이 주인공을 맞이하는 역인 듯했다.

여배우가 택시를 타더니 "뭐야, 이 택시, 에어컨 틀어놨잖아"라며 바로 내려버렸다. 한여름이기도 해서 바깥에서 들어오면 더울까 싶어 설정 온도를 낮게 해놓았다. 젊은 스태프가 달려왔다.

"기사님, 죄송하지만 지금 당장 에어컨 좀 꺼주세요. 그리고 촬영이 끝날 때까지 꺼 둘 수 있을까요?"

여배우에게 냉방은 금물인 것일까.

그 드라마의 스폰서가 어느 자동차 회사라서 내가 승차하고 있던 차의 로고가 검정 테이프로 가려졌다. 그 작업이 끝나기를 차 안에서 기다렸다. 에어컨이 꺼진 차 안은 눈 깜짝할 사이에 기온이 올라 땀이 뻘뻘 났다.

드디어 본 촬영에 들어갔다. 차에 다시 그 여배우가 탔다. 여기서 내가 바깥으로 나가 평소대로 검은 택시의 기준인 문을 열어주는 서비스[2]를 하면 혼이 나겠지, 하고 쓸데없는 생각을 했다. 그녀가 내린 후 택시가 달려가는 장면이 촬영되었다.

한 번에 OK사인을 받았다. 촬영은 이 한 번뿐이었고 무사히 끝났다. 열 시간을 기다려서 10분 정도 일했다.

회사가 어떤 계약을 했는지는 모르지만 통상적인 일당[3]을 받았다. 실질적으로 10분에 하루치 일당을 받았으니 쏠쏠한 일이라고도 할 수 있지만, 평소의 택시 일이 더 알찬 느낌이 들었다.

이 촬영은 내가 돌아간 후에도 밤늦게까지 이어지는 모양이었다. 여러 젊은이들이 힘들게 밤까지 일하는 모습을 생각하니 좋아하는 일이 아니면 도저히 못할 것 같았다.

그건 그렇고, 주연 여배우와 스폰서에 대한 스태프들의 배려는 장난이 아니었다. 어느 세계에서든 그 세계 나름의 고단함이 있는 모양이다.

나중에 사보에 '마침내 검은 택시, 텔레비전 드라마에 첫 출연하

---

2 뒷좌석 문을 기사가 바깥으로 나가 열어주는 서비스를 하고 있었다. 다만 이 서비스는 일정이 급한 손님에게는 평이 좋지 않았다.

3 영업 이익으로 3만 엔이 계산되어 있었다.

다!'라는 글이 내 이름과 사진과 함께 실렸다. 한동안 그것을 본 동료에게 "드라마에도 다 출연하고"라며 놀림을 받았다.

제 3장

경찰이라면 지긋지긋하다

위반딱지
「 싱글벙글하던 경찰관 」

우에노에서 세타가야까지 가는 손님을 태웠다. 그날 영업 수익은 웬일인지 5만 엔을 훌쩍 넘었다. 심야 0시, 이걸로 일을 마치고 귀고하려고 했을 때였다. 복잡한 도로표지에 당황하면서 우회전을 하자마자 경찰차와 대면했다. 호사다마라고 했던가. 아무래도 우회전 금지 구역이었던 모양이다. 경찰차에서 경관이 내렸다.

"기사님, 봐버렸으니 어쩔 수 없네요."

싱글벙글 웃으면서[1] 위반딱지를 끊어주었다.

경찰관은 내 차의 아다치 번호를 보면서 "여기(세타가야)까지

---

1 오늘은 실적을 올렸다는 듯한 실로 기뻐하는 미소였다. 경찰관도 할당량에 쫓기는 걸까.

오셨으면 꽤 버셨겠는데요?"라고 말했다. "그런데 이 벌금 때문에 공쳤네요"라고 나는 대답했다.

이 경우, 벌금은 전부 기사가 부담해야 한다. 통행금지 위반으로 벌점 2점, 범칙금은 7000엔이었기에 실로 이곳까지 태워온 손님 한 명 몫의 벌이가 날아가버렸다.

"그래도 위반은 위반[2]이니 어쩔 수 없죠. 택시기사는 프로니까 모두에게 모범이 될 만한 운전을 해주셔야죠."

여전히 싱글벙글인 경찰관이 딱지를 떼면서 말했다.

"그런데 이런 표지판, 아다치구에는 없어요."

비아냥을 섞어서 단순한 농담을 던진 셈이었다.

"아뇨, 전국에 다 있어요."

진심으로 받아들였는지 웃음기가 사라진 경찰관이 진지하게 그리 답했다.

택시가 단속반의 눈엣가시 대우를 받은 때가 있었다. 특히 쓰쿠다오하시[3]의 쥐덫은 동료 기사들 사이에서 유명했다. 그래서 그곳에 가까워지면 택시는 일제히 감속했다. 손님은 의아한 표정을 짓는다. 택시기사라면 모르는 사람이 없을 정도로 유명하니 경찰도

---

2 속도위반, 일시정지위반, 일방통행 역주행 위반 등, 위반도 많이 했다. 차를 하루 종일 몰고 다니니 어쩔 수 없다고 한다면 어쩔 수 없다. 다만 이건 수많은 기사에게 있어서 그곳에 경찰관이 있느냐 없느냐, 운이 좋으냐 나쁘냐의 문제일 테다.

3 도쿄도 473호 신토미하루미센을 지나는 다리로, 스미다가와에 걸쳐져 있다. 1964년 도쿄 올림픽 개최에 대비해 전쟁 후 처음으로 스미다가와에 만든 다리다.

그 사실은 파악하고 있을 텐데 그 후에도 한동안 그곳에서 쥐잡기가 실시되었다.

교통위반은 회사에 보고해야 한다. 처음 위반을 하고 딱지를 끊고서 그걸 회사에 보고했을 때의 일이다. 사무직원은 맨 처음에 "무슨 색이에요?"라고 물었다. "일시정지위반인 파란색이에요"라고 대답하자 사무직원은 안심한 듯이 "그거라면 다행이네요[4]"라고 했다.

밤중에 고속도로 사이타마 오미야센에서 손님을 태우고 가던 중, 그만 암행순찰차를 추월하고 만 적이 있다. 표지판에는 시속 80킬로미터라고 적혀 있었다. 하지만 80킬로미터로 달리는 택시는 없다. 규정대로 달렸더라면 연달아 추월당해 틀림없이 손님에게 클레임을 받는다. 손님은 일반차에 추월당하는 걸 싫어한다. 택시기사도 마찬가지다. 그래서 당연한 듯 추월선으로 차선을 바꿔 100킬로미터 이상의 속도로 달렸다.

택시는 빈차로 100킬로미터를 넘긴 속도로 달리면 경고음이 울리게 되어 있다. 하지만 손님을 태우고 운행 중인 차는 울리지 않는다.

회색 크라운을 추월했을 때 운전자와 눈이 마주쳤다. 운전자가

---

4 파란 딱지는 '교통범칙고지서·면허증보관증', 빨간 딱지는 '고지표·면허증보관증'이 정식명칭이다. 교통범칙고지서는 파란색 종이라서 '파란 딱지'라고 불리고 비교적 가벼운 위반으로 본다. 후자는 빨간색 종이라서 '빨간 딱지'라고 불리며 무거운 위반으로 본다.

히죽 웃는 것처럼 보였다. 꺼림칙한 예감이 들었다. 혹시나 싶어서 얼른 좌측 주행선으로 들어가려고 해도 다른 차가 끼워주지 않았다. 그러자 바로 갑자기 속도를 올린 크라운이 내 앞에 파고들어왔다. 예상대로 암행순찰차였다. 동시에 적색등이 켜지고 마이크로 "좌측으로 붙어주세요"라고 했다. 크라운의 뒷유리에는 '좌측으로 붙어주세요'라고 표시되어 있었다. 이래서는 전혀 몰랐다는 변명도 통하지 않는다.

차를 세우고 "죄송합니다. 암행순찰차에 잡혔습니다"라고 손님에게 사과했다. 미터기를 멈추고 경찰관의 지시에 따라 차에서 내렸다. 손님을 차에 남긴 채 경찰차 안에서 위반행위에 대한 절차를 밟았다.

손님을 태운 채 위반 딱지를 끊는 건 처음이었다. 절차를 마치고 뛰어서 차로 돌아왔다. 절차를 서두르지 못해 시간을 20분이나 잡

아먹은 탓에 승객에게 바로 사과를 했다.

"난 괜찮아요. 그건 그렇고 기사님 운이 없으셨네요."

50대 남성은 그리 말하며 위로해주었다. 손님의 말이 조금 위안이 되었다.

그곳에서 미터기를 빈차로 바꾸었다. 손님을 태우고 있을 때 '빈차'로 달리는 건 본래는 규칙위반이다. 하지만 민폐를 끼친 이상, 차비를 받을 수 없었다.

이걸로 헛된 수고가 되었다. 크라운에 타고 있던 경찰관의 히죽대던 미소가 머리를 스쳐지나가서 액셀을 힘차게 밟고 싶어졌다.

소프랜드
「 인생의 진리를 깨달은 부처 」

이 일은 매춘업과 연관이 깊다. 내 영역에서는 역시 요시와라(매춘 타운) 관계자가 많았다.

요시와라 소프랜드 거리에 있는 다이토구 센조쿠에서 제일 가까운 역은 우구이스다니[1]역이나 아사쿠사역이나 미노와역으로, 그곳에서 외부로 향하는 교통수단은 택시밖에 없다.

내가 입사하기 전 거품 경제 시대에는 택시가 손님을 태우고 요시와라에 도착하면 차 주변을 호객꾼들이 에워쌌다고 한다. 자기

---

1 도내에는 또 다른 '우구이스다니'라는 거리명이 있다. 시부야구 남서부에 있는 '우구이스다니 마을'이 바로 그것이다. '우구이스다니 방면'이라고만 말해서 우에노 옆에 있는 우구이스다니에 가면 잘못 왔다며 생트 집을 잡아 금품을 요구하는 경우가 있다고 사무직원에게 주의를 받았다.

가 먼저라며 손님을 서로 빼앗으려 하는 것이다. 때로는 호객꾼이 보닛에 납죽 엎드려서 태워온 손님을 빼앗았다고 한다. 하지만 이런 행위를 고객이 두려워해서 소프랜드 업계도 가게 앞에서만 호객을 하는 것으로 바꾸고 안전하고 안심할 수 있는 거리라는 사실을 어필하게 되었다. 그래서 내가 일하던 시절에는 그렇게 과격한 손님 쟁탈전은 사라져 있었다.

요시와라행 고객은 행선지를 말할 때 멋쩍게 웃거나 그 반대로 언짢아하는 등 이런 상황에서도 그 사람만의 개성이 배어나왔다. 가끔 손님에게 "기사님, 좋은 가게 아세요?"라고 질문을 받을 때도 있다. 동료 중에는 가게와 연결되어 있어서 택시에 태운 손님을 자연스럽게 그 가게로 안내해 소개한 가게로부터 수수료를 받는 사람도 있다.

반대로 요시와라에서 제일 가까운 역까지 가는 손님을 태운 적도 종종 있다. 요시와라에서 기분 좋게 차에 탄 손님이 말했다.

"지금, 가게를 나오려는데 매니저[2]가 '여자애가 매트는 꼼꼼하게 씻었어요? 테크닉은 어땠고요?'라고 묻더군요. 면밀하게 조사하더라고요."

나는 무심코 "뭐라고 답하셨어요"라고 묻고 말았다.

"기사님, 촌스러운 질문 하지 마세요. 그게 무사의 의리잖아요.

---

2 매니저로 보이는 남성이 운전자증을 확인하고 메모를 했다. 이유를 묻자 택시기사 중에 가게 여자아이에게 언어적 성희롱을 하는 사람이 있다며 화가 나 있었다. 이렇게 일부 택시기사가 택시 업계 전체 이미지를 나쁘게 만들고 있는 건 정말 유감스럽다.

아하하.”

무사의 의리? 그 말을 이럴 때 사용했던가? 그건 그렇고 거사를 마친 남성은 한없이 호쾌한 법이다.

소프랜드 여성도 많이 태웠다. 요시와라까지 가는 도중에 싹싹하게 이런저런 이야기를 해주는 여자아이[3]도 많았다.

스물이 될까 말까 한 몸집이 아담하고 아직 앳된 티가 남아 있는 여성이 탄 적이 있다.

“손님 중에 팔십 정도 되는 할아버지가 있는데요, 그건 전혀 못 하면서 계속 내 몸을 핥거나 만지거나 해서 그게 너무 즐거워요. 간지러워서 못 참겠는데 엄청 편하고 매달 와주는 단골이라서 좋아요.”

나는 상대의 나이가 몇이든 공손한 말투를 쓰도록 유의했다. 반말은 절대로 쓰지 않았다.

“아, 그렇게 고령인 분도 찾아오시는군요. 분명 손님의 팬인가 보네요.”

“그리고 저번 주에 자기 가방에서 여자 속옷을 꺼내더니 그걸 입어달라는 사람이 있는 거 있죠? 그게, 도무지 남 앞에서는 못 입겠

---

3 어느 날 요시와라까지 태워준 여자아이에게 “기사님한테 딸이 있고 그 애가 매춘 일을 한다면 어떻게 생각할 거예요?”라는 질문을 받았다. “일반적인 부모라면 평범한 일을 해주길 바라는 게 본심이겠죠. 그래도 본인이 가벼운 마음가짐이 아니라 차분하게 생각해서 정했다면 존중할 것 같아요”라고 별 지장 없도록 대답했다. 그녀는 “그렇겠죠……”라고 근심하고 있었다. 결국 그녀는 부모님에게 털어놓았을까.

는 손바닥만 한 속옷이랑 다 비치는 속옷인 거예요. 입은 모습이 보고 싶대요. 물론 싫은 내색 안 하고 입었죠. 지명해주는 손님은 중요하니까요."

택시기사와 마찬가지로 그녀들도 프로 접객업, 손님의 기대에 부응하는 일인 것이다.

"그런데 괜히 으스대는 녀석도 있어요. 돈을 냈으니까 이거 해라 저거 해라 명령만 하는 녀석이요. 열 받아요. 그래도 프로니까 겉으로는 안 드러내요. 돌아가고 나서 두 번 다시 오기만 해봐라 하면서 메롱 해줬죠."

정말 공감이 갔다.

스트레스를 발산하려는지 택시에 타고 있는 내내 이야기했지만, 이상하게 서글퍼 보이지는 않았다. '취미와 실리를 겸해서'라는 말이 있는데, 어쩌면 그녀도 그렇지 않을까. 그리 생각한 나는 이런 말을 하고 말았다.

"그런데 손님, 이 일을 즐기면서 하는 것 같네요."

말하고 나서 아차 싶었다. 당연히 그녀의 일은 편하지만은 않을 테다. 팔자가 좋아 보이네요, 라고 들리지 않았는지 걱정되었다.

"아, 그래요? 그런 것 같아요? 그럴지도 몰라요. 성격이기도 하지만, 뭐든 즐기면서 하는 편이 좋잖아요. 짧은 인생이니."

예순이 넘은 내가 말한다면 이해가 가지만, 아직 스물이 될까 말까 한 여자아이의 말이라고는 생각할 수 없었다. 이 부처 아가씨는 이미 인생을 깨달아버린 걸까.

그녀는 요시와라의 가게 앞에 도착하니 요금을 지불하고 차에서 내려 내 쪽으로 엉덩이를 내밀더니 스커트를 홀러덩 걷어 올렸다.

"서비스!"

그 한마디만 남기고 가게로 사라졌다. 이렇게 성격이 밝고 장난기 많은 그녀라면 위안을 얻으려고 지명하는 손님이 분명 많지 않을까.

그녀뿐만 아니라 요시와라로 오가며 태운 여성들의 생생한 목소리는 리얼리티와 박력이 넘쳐서 나는 그 이야기를 듣는 걸 무척이나 좋아했다.

클레이머
「 베테랑 직원의 해결법 」

심야에 귀고하자 사무실[1] 분위기가 평소와 달랐다. 아는 사무직원에게 넌지시 물어보자 지금 막 다른 사무실에서 야근하는 다지리 씨가 클레이머를 응대하고 있다고 했다. 사무직원이 목소리를 죽이고 가르쳐준 바로 그날 교통사고가 일어났는데 상대 남자가 택시를 악착스럽게 따라다닌 끝에 영업소까지 불평을 터뜨리러 쳐들어온 것이라고 한다.

회사에 사고 시 전문적으로 처리하는 '사고 담당'은 있지만 클레

---

1 전직 기사이자 나이 때문에 은퇴한 사람들이 파트타임 근무로 밤에 전화 담당을 맡고 있다. 저녁 8시부터 이튿날 아침 9시까지 정사원은 선잠을 잘 때가 많아서 기본적으로는 파트타이머들이 전화 응대를 한다.

이며 응대를 전문적으로 맡는 담당자는 없었다. 기본적으로 베테랑 사무직원[2]이 응대하고 있었다.

정당한 것에서부터 의미가 불투명한 것까지 전화로 오는 클레임은 자주 있다. '손님을 대하는 태도가 나빴다'든가 '일부러 멀리 돌아서 갔다'는 것부터 '다섯이서 타고 싶었는데 기사가 거절했다'는 것까지 각양각색이다. 하지만 이런 밤중에 회사까지 직접 불만을 터뜨리러 쳐들어오는 사람은 처음 봤다.

무슨 말을 하는지까지는 들리지 않았지만, 그 방에서는 이따금 성난 목소리가 바깥까지 새어나왔다. 분위기가 상당히 험악한 모양이었다.

다지리 씨는 사무직원이지만 몇 년 전까지 택시기사였다. 거구에 인상이 험악해서 그걸 감안하여 클레이머 대응에 임하게 될 때가 많았다. 겉보기에는 무서워 보이는 다지리 씨는 센스가 넘치는 사람이자 늘 기사의 편이 되어주는 사람이다. 내가 영업 수익이 좋지 않을 때 "이런 날도 있어. 우치다 씨, 다음에 힘내면 돼"라며 위로의 말을 건네주곤 했다.

택시를 타고 있다 보면 기사에게 불평을 부리는 사람도 많다. 듣고 흘려버리는 일도 있지만, 영문을 알 수 없는 건의사항도 많다.

---

2 기사에서 사무직으로 이동하는 것은 본인에게 의사가 있고 회사에서 인정받으면 가능하다. 기사는 영업 수익에 따라 월급도 심하게 변동되지만, 사무직이라면 수입은 안정된다. 정시 출퇴근도 가능해서 기사 중에는 적극적으로 사무직원이 되고 싶어 하는 사람도 있었다. 나는 컴퓨터도 잘 다루지 못하고 사무처리에 적합한 사람이라고는 생각하지 않아서 그럴 의사가 없었다.

개중에는 클레임을 걸고 싶어서 클레임을 거는 사람이 있다. 이런 사람은 불평을 부리는 것 자체가 목적이라서 어쩔 도리가 없다.

클레임을 들은 기사를 먼저 귀가시키고 다지리 씨는 혼자서 그 클레이머와 마주하고 있었다. 15분 정도 지나자 클레이머는 마지막 발버둥 같은 욕을 해대면서 돌아갔다.

나는 다지리 씨에게 어떻게 해결했는지 물었다.

그는 "사람은 뜨거워질 때도 있지만 시간이 지나면 원래대로 돌아오는 법이야. 내내 화를 낼 순 없으니까. 상대가 하는 말을 가만히 들어주고 이야기가 끝날 때까지 반론도 안 했어. 이번에도 상대가 하는 말을 그래요 그래요 하면서 들어주기만 했지"라며 미소 지었다.

클레임 대처의 모범이고 그의 관록이 승리했다.[3]

---

3 베테랑 기사의 이야기에 따르면 다지리 씨는 기사 시절의 성적은 전혀 좋지 않았다고 한다. 사람은 저마다 능력을 살릴 수 있는 장소가 있다는 것이다.

졸음운전
「 걱정 많은 승객 」

이 일을 하면서 제일 조심해야 하는 건 졸음운전이다. 어느 날 밤, 고속도로를 달리던 중 앞에 가던 택시가 오른쪽으로 왼쪽으로 차선을 넘나들며 크게 흔들리고 있었다. 그 모습을 본 뒷좌석 손님이 "저거 졸음운전 아니에요? 기사님, 절대 가까이 가지 마요"라고 했다. 그 차에 타고 있는 손님은 어떤 심정이었을까.

내 경우 대개 심야 0시를 넘어서면 졸음이 덮쳐온다. 십여 시간 계속 운전을 하고 있으면 졸리는 것도 당연하다. 그렇다고는 하나 처음 가는 장소나 잘 모르는 장소에서는 긴장해서인지 졸렸던 적이 거의 없다. 눈을 감고서도 갈 수 있을 만한 익숙한 길, 잘 아는 구역에서 하는 운전이 위험하다.

손님이 타고 있지 않으면 바깥으로 나가서 몸을 움직이거나 심호흡을 한다. 여전히 졸리면 차 안에서 눈을 붙이면 된다. 손님을 태우고 운행 중일 때 잠에서 깨는 법은 자신의 허벅지를 꼬집는 것이었다. 때로는 멍이 남을 만한 세기로 꼬집기도 했다. 잠기운이 덮쳐 와서 자신의 허벅지를 꼬집어 가며 운전하고 있을 때 뒷좌석에서 쌔근쌔근 자고 있는 손님이 원망스러웠다.

심야에 기타센주에서 고령의 여성을 태웠다.

"기사 양반, 오늘 내가 몇 번째 손님이우?"

"기사 양반, 오늘 점심은 뭘 먹었수?"

그녀는 목적지에 도착할 때까지 끊임없이 나에게 말을 걸었다.

"내 앞의 손님은 어디에서 어디까지 갔었수?"

"고향은 어디우?"

"자녀는 있수?"

"그 자녀는 지금은 뭘 하고 있수?"

질문이 참 많은 손님이구나 생각하고 있는데 목적지에 도착할 때 그녀가 이렇게 말했다.

"밤이 늦어서 기사님이 졸리면 안 되는데 싶었어요. 걱정돼서 내내 말을 걸었던 거예요."

걱정이 많은 손님도 있는 법이다.

늦은 밤에 이쪽의 얼굴을 빤히 보고 나서 타는 손님이 있었다. 타자마자 "졸린 얼굴을 하고 있진 않은가 해서요. 졸음운전을 하면 난처하니까요"라고 말했다.

"제 얼굴은 괜찮았나요?" 농담을 섞어서 물어보았다.

"모르겠네요. 믿고 있으니 안전운전해주세요."

목적지를 묻자 기본요금 거리인 편의점이었다.

기본요금 거리에선 졸 시간도 없답니다, 손님!

명연기
「 오늘은 그냥 넘어가주세요 」

우에노의 도쿄도미술관에서 탈 손님을 무선으로 연락을 받았다. 데리러 가니 80대로 보이는 남성과 그 곁에서 시중을 드는 조수로 보이는 여성이 기다리고 있었다. 아무래도 남성은 그 미술관에서 작품을 전시 중인 유명한 서예가인 모양이었다.

서예가는 차에 탔을 때부터 컨디션이 좋지 않았고, 조수는 되도록 서둘러 구니타치시에 있는 자택까지 가달라고 했다.

달리기 시작하고 얼마 후에 뒷좌석에 앉은 남성은 괴로운 듯 신음하기 시작했고, 걱정하던 조수가 "선생님, 괜찮으세요?" 하고 소리를 높이고 있었다.

"조금 더 빨리 갈 수 없을까요?[1]"

조수에게 그 말을 들은 나는 속도를 높여 신호가 바뀌던 차에 조금 억지로 비집고 들어갔다. 때마침 그때 운 나쁘게 교통 단속하는 흰 오토바이가 멈추게 했다.

창문 너머로 들여다보는 교통경찰에게 승객의 상태를 설명하고 귀가를 우선시해줄 수 있는지 확인했다. 교통경찰은 택시 회사명을 확인하고 차번호를 적고서 승객을 바래다준 후에 다시 이곳에 돌아오도록 지시했다.

서예가 남성을 구니타치의 자택까지 바래다주자 동승하고 있던 조수인 여성이 이렇게 말했다.

"저도 기사님과 함께 돌아가서 사정을 설명하겠습니다. 제가 서둘러 달라고 부탁했었고 신호도 위반까지는 아닌 타이밍이었다고 변호할게요."

그러지 않아도 된다고 거절했지만, 여성도 책임감 때문에서인지 어떻게 해서든 동행하고 싶다고 하여 같이 가게 되었다.

그 여성의 설명에도 불구하고 교통경찰은 "신호는 빨강이었어요. 제 이 눈으로 봤어요"라고 고집을 부렸다.

나는 포기하고 있었다. 하지만 여성은 열심이었다. "완전히 빨강은 아니었어요. 저도 이 눈으로 봤어요"라고 한층 더 항의하자 그

---

1 반대로 특수한 병을 가진 손님에게 시속 30킬로미터 이내로 주행해달라는 부탁을 받은 적도 있다. 쭉 속도계를 확인하면서 조금이라도 넘어가려고 하면 주의를 주었다. 밤의 롯본기 거리에 온통 택시인 곳을 30킬로미터로 달리는 건 정말이지 고행이었다.

녀를 상대로 해서는 결론이 나지 않을 듯했는지 "범칙금을 안 내면 어디에 있어도 반드시 찾아낼 겁니다"라고 나에게 협박하듯이 말했다.

다 큰 어른이 이런 소리를 들으니 한심하게 느껴졌다. 결국 위반을 뒤집지 못하고 자비로 벌금을 냈지만, 그래도 이렇게 진지하게 나를 서포트해주는 여성의 마음가짐에 기뻤다.

아다치구 요쓰야교차로는 복잡하고 시간에 따라서 우회전 금지이다. 하지만 이곳을 우회전하면 지름길이 된다. 그런데 이 파출소에는 순경이 교차로를 지키고 있을 때가 많아서 주의해야만 하는 장소다.

요쓰야교차로에 접어들었을 때 경찰관[2]의 모습이 보이지 않았다. '한번 가볼까!' 하고 우회전을 하자 사각지대에서 호루라기를 불면서 경찰관이 뛰쳐나왔다. 나는 차를 정차시키며 뒷좌석 여성 승객에게 타월을 건넸다.

"죄송합니다. 이 타월을 입에 갖다 대고 고개를 숙이고 눈을 감고 있어주실 수 있을까요?"

여성 승객은 놀라면서도 바로 타월을 들고 머리를 숙여주었다.

창문으로 들여다보는 경찰관에게 나는 말했다.

2　어느 날 대기하고 있는데 경찰관이 다가오더니 "트렁크 좀 확인하겠습니다"라고 했다. "예전에 금속 방망이나 목검을 숨기고 있던 택시 운전기사가 있었거든요" 몇 대나 서 있는 택시 중에서 왜 내가 선택되었을까. 이 한없이 무해한 얼굴을 보면 그런 섬뜩한 물건을 감추고 있을 리가 없다는 걸 알 텐데…….

"위반인 거 압니다. 그런데 급한 환자가 있어서요. 오늘은 그냥 넘어가주세요."

아직 20대 초반으로 보이는 경찰은 뒷좌석을 보고 난처한 얼굴을 하더니 고개를 살짝 끄덕이고 그대로 가라고 손짓했다. 융통성이 있는 순경 덕분에 살았다.

조금 달리다가 "이제 괜찮습니다. 협력해주셔서 감사합니다"라고 전했다. 여성 승객은 웃으면서 "기사님, 이걸 용케도 빨리 떠올리셨네요. 감탄했어요"라고 말해주었다.

"아닙니다. 손님의 명연기 덕분에 이쪽이 살았지요."

이 대연기가 실은 두 번째[3]라고는 말할 수 없었다.

---

3 이 일이 있기 3년 전에 같은 장소에서 마찬가지로 손님에게 연기를 하게 해서 경찰관에게 못 본 척해달라고 한 적이 있다. 경찰관의 얼굴은 전혀 기억하고 있지 않지만, 3년이나 지났으니 같은 사람은 이제 없지 않을까 생각했다.

개인택시
「 프로 중의 프로의 긍지 」

 우리 같은 택시 회사에 소속된 기사와 다르게 개인택시는 각 개인이 한 나라와 한 성의 주인으로, 누구의 지시도 받지 않고 자신이 원하는 대로 일을 할 수 있다.

 개인택시 자격증을 취득하는 건 간단하지 않다. 같은 회사에 10년 이상 근무한 실적이 있고, 일정 기간 동안 무사고 무위반이어야 한다. 더구나 법령 및 지리시험을 통과할 필요가 있다.

 동료 중에도 개인택시를 목표로 하는 사람이 몇 있었다. 40대인 다케다 씨도 그중 한 사람이었다. 그는 택시기사 경력이 20년이나 되는 베테랑으로 평소 성적도 좋고 인격도 나무랄 데가 없었다.

다케다 씨는 회사에 개인택시 기사가 되고 싶다고 신청하고 무사히 지리시험도 돌파했다. 그 후 회사 쪽의 제안으로 퇴직할 때까지 내근직으로 옮기게 되었다. '무사고 무위반'인 채 내보내주려는 회사의 온정이 담긴 지시였다. 회사로서는 그처럼 성적이 우수한 기사가 그만두는 게 손실이지만, 오랜 세월의 공헌에 대한 감사의 뜻으로 등을 떠밀어주고 있었던 것이다.[1]

나는 개인택시로 옮기려고 생각한 적이 한 번도 없다. 분명 자신이 원하는 시간과 날짜에 일을 할 수 있고 누구에게 아무 지시를 받지도 않는 입장은 부럽다고 생각한 적이 있다. 하지만 난관인 지리시험에 내가 붙을 리도 없고, 무엇보다 자택이 월세라서 개인택시를 하는 데 필수인 차고를 설치할 수 없었다.

어려운 조건을 클리어한 사람만이 개인택시기사가 될 수 있다. 그래서 그들에게는 프로 중의 프로라는 긍지가 있다.

몇 십 년 전에 법인 택시의 고객을 대하는 태도가 나쁘고 운전도 난폭해서 '폭주택시'라고 불렸던 시절에 개인택시는 기사가 연배가 있고 친절하다는 소리를 들었다. 또한 거품 경제 시대의 개인택시는 성실하게 일을 하면 2년 만에 집을 지을 수 있을 만큼 수입을 벌어들였다고 한다.

---

1 도내에 회사로 등록하고 차고가 있으면 자택을 사무실로 쓸 수 있다. 그 후 거리에서 흰색 크라운 개인택시를 모는 다케다 씨를 발견했다. 소원을 이루어서 다행이라고 마음속으로 말했다.

손님을 지바까지 태우고 돌아가는 길, 고속도로를 달리고 있었다. 그날은 영업 수익도 썩 좋아서 이제 귀고만 하면 되었기에 문득 발견한 개인택시의 뒤를 따라갔다. 신바람이 나서 콧노래를 흥얼거리던 나는 어느 정도 차 사이에 거리를 벌이면서 그 차를 쫓아 갔다.

앞에서 달리던 개인택시 기사도 알아차렸는지 단숨에 가속한다 싶더니 시원스럽게 달려가버렸다. 나도 그 뒤를 전력을 다해 필사적으로 따라갔다.[2] 개인택시의 성능에 LP가스 차인 법인택시는 도무지 당해낼 수 없었다.

겨우겨우 달라붙어서 일반도로로 빠져 신호를 받아 옆에 나란히 선 택시기사의 얼굴을 보았다. 여든은 넘어 보이는 거물 베테랑이었다. 그는 나를 보고 히죽 웃었다. "젊은 양반이 용케도 따라왔구먼"이라고 말하는 듯했다.

2　아마 속도는 120킬로미터를 넘었을 테다. 속도위반 자동측정기가 설치된 위치는 대략 파악하고 있었다.

분실물
「 배달은 서비스인가? 」

"분실물인 큰 짐이 있습니다."

이 말은 도내에서 사건이 발생했다는 것을 알리는 은어였다. 범인이 택시를 이용할 가능성이 있으니 수상한 사람을 목격하면 신고를 해달라는 의미를 담고서 무선으로 택시에 일제히 흘러나온다. 이 말 앞에 장소를 넣어서, 예를 들어 "우에노에서 탄 고객님이 큰 짐을 분실하셨습니다"라고 하면 우에노 주변을 특히 조심하라는 뜻을 담고 있다. 도내의 법인택시와 개인택시에 일제히 흘러나온다.

진짜 분실물이라고 하면 지금은 압도적으로 휴대 전화가 많다.

오후 2시 경 긴시초 부근을 돌아다니고 있는데 뒷좌석에서 휴대 전화 착신음이 흘러나왔다. 차를 세웠다. 그 사이에도 착신음은 계속 울리고 있었고, 소리를 따라 찾아보니 시트 사이[1]에서 휴대 전화를 발견했다.

전화를 받았다.

"실례합니다. 누구신가요?"

"××사의 택시기사입니다."

"아, 제가 택시에 놓고 내렸군요."

손님은 휴대 전화가 없다는 사실을 알아차리고 친구 전화를 빌려 자신의 번호에 전화를 걸었다고 한다. 휴대 전화를 어디서 잃어버렸는지도 몰랐던 것이다. 이야기를 듣다보니 오전 중에 태운 손님으로 지금은 신주쿠에 있다고 했다.

"휴대 전화가 없으면 곤란하니 지금 당장 가지고 와주실 수 있을까요?"

긴시초에서 신주쿠까지 이 시간이라면 30분 하고 조금 더 걸리고, 요금은 대략 5000엔이 될 테다. 그런데 이럴 경우 요금은 어떻게 될까. 손님은 분실물을 가져다주는 것 정도는 서비스라고 생각하고 있을지도 모른다. 그 일이 걱정이 돼서 뭐라고 대답해야 좋을지 망설이다 우물댔다.

---

1 기본적으로 손님의 분실물은 기사의 책임이라서 하차할 때 말을 걸거나 하차 후에 눈으로 확인한다. 그런데도 이런 곳에 들어가 있으면 어지간해서는 찾을 수 없다.

"얼른 가지고 와주실 수 있을까요?" 손님은 초조한 모양이었다.

"저기, 요금은……." 쭈뼛대며 말을 꺼냈다.

"아, 물론 미터기 켜고 와주세요."

그것만 확인되면 거리낌 없이 달릴 수 있다. 나는 바로 미터기를 '주행 중'으로 바꿔 신주쿠로 향했다. 신주쿠에 지정한 장소에 도착해서 무사히 휴대 전화를 건넬 수 있었다. 손님은 대단히 기뻐하며 긴시초에서 신주쿠까지 오는 통상적인 요금에 팁까지 얹어주었다.

뒷좌석[2]에서 갓 내린 손님의 휴대 전화를 발견해 바로 쫓아간 적도 있다. 하지만 손님은 곧장 아파트 내로 사라져버렸고 현관은 오토 로크라서 어떻게 할 수가 없었다. 나도 난처했지만, 본인도 불편할 테다. 휴대 전화는 모든 생활정보가 담긴 필수품으로, 잃어버린 것만으로 일상생활에 지장이 생기는 사람도 많다.

규정대로 이대로 회사로 가지고 돌아가 주인에게 올 연락을 기다리게 되면 휴대 전화가 주인의 손으로 돌아갈 때까지 며칠이 걸릴 가능성도 있다. 하지만 주인은 바로 몇 십 미터 거리에 틀림없이 있다.

사실은 안 되는 일이지만 착신이력을 보고 직전에 대화를 나눈 사람에게 전화를 걸었다. 운이 좋게도 받은 사람은 그 손님의 부하

---

2 한때 뒷좌석의 시선이 닿는 곳에 각종 광고 팸플릿이 놓여 있었다. 하지만 우리 회사는 그런 유의 물건은 배제하고 있었다. 라디오도 손님이 원하는 방송이 있을 때 말고는 켜서는 안 된다. 손님이 타고 있는 시간의 차 안 공간은 손님의 것이라는 뜻이다.

직원으로, 사정을 설명해서 바로 자택에 전화를 걸게 해서 택시까지 다시 오게 할 수 있었다.

　"프라이버시라는 건 알고 있었지만 이 방법밖에 생각이 안 났습니다"라고 사과를 했다. "당연하지요. 것보다 휴대 전화를 바로 되찾아서 다행입니다. 감사합니다"라는 감사 인사에 안도했다.

동일본대지진
「 모든 게 비상이었다 」

2011년 3월 11일, 나는 아침 7시부터 근무하여 도내를 달리고 있었다. 평소대로 심야 1시까지 일할 예정이었다.

오후 2시 46분, 빈차로 가스가도리를 주행하던 중에 흔들리는 걸 느꼈다.[1] 라디오 뉴스로 진원지가 산리쿠 해역이라는 것과 도내가 진도 6이라는 것을 알았다. 직후 고이시카와에서 손님을 태우고 도쿄역까지 달렸다. 도중에 스이도바시 부근을 달리고 있는데 방공 두건을 쓴 사람이 있었다. 왜 이리 오버스럽게 촌스러운 짓을

---

1 차에 타고 있어서 지상에 서 있을 때 정도의 크기는 아니었지만, 차가 흔들리는 모습이나 차 안에서 보이는 전신주나 전선이 흔들리는 모습에서 꽤 큰 지진이라는 사실을 알았다.

하냐고 이때는 아직 그렇게 생각했다.

도쿄역에서 손님을 내려주었을 무렵에는 길에 사람이 넘쳐났다. 라디오 뉴스에서는 여러 교통 기관이 멈추었다는 사실과 큰 해일이 덮칠 가능성이 있다고 전했다. 나는 집에 혼자 있을 어머니가 걱정이 되어 회사로 귀고하기로 마음먹었다. 이때는 이미 도로도 차로 넘쳐나고 있었다.

우선 '회송'으로 바꾸고 회사를 향해 달리기 시작했지만, 도로에는 사람이 흘러넘치고 몇 미터마다 택시를 향해 손을 드는 사람이 있었다. 길이 붐벼서 차가 움직일 수 없게 되자 그중 몇 사람이 창문에 얼굴을 들이대다시피 해서 태워달라고 애원했다. 고개를 숙이고 팔을 ×자로 만들어 사과와 거절을 계속했다.

샐러리맨이나 여성 회사원뿐만 아니라 우리 어머니와 나이대가 비슷한 고령의 여성이 필사적으로 태워달라고 신호를 보내고 있었다. 지금 와서 생각해보면 고령자는 뒷좌석에 앉기만 해도 괜찮으니 태울 걸 그랬다며 후회하지만 길이 혼잡한 상태에서 어디에 어떻게 데려다줄 수 있을지도 전혀 알 수 없었다. 모든 것이 비상 사태였다.

평소라면 30분 정도면 돌아갈 수 있는 회사까지 가는 길이 3시간이 걸렸다. 도로는 혼잡하기 짝이 없어서 몇 백 미터 앞에 보이는 회사 건물까지 느릿느릿 나아갔다.

간신히 귀고하고 바로 집에 전화를 했다. 어머니는 외출했다가

지진을 겪었지만 지금은 집으로 돌아와 무사하다고 했다.

동료들도 잇달아 일을 일단락하고 돌아와 있었다.

"이 일을 20년이나 하고 있지만 이런 적은 처음이야."

"나도 신코이와에서 여기까지 오는 데 두 시간 넘게 걸렸어."

이런 이야기가 여기저기서 들렸다.

택시기사는 직업상 길이 붐빌 때를 대비해 다른 루트를 숙지하고 있다. 하지만 이때만큼은 모든 길이 정체되어 있어서 도로가 주차장이나 마찬가지였다.[2] 우리는 이 전대미문의 상황에 대해 이야기를 나누었다.

회사에 사납금을 내고 밤 10시 전에 집에 걸어가기 시작했다. 평소에는 혼자서 건너는 아라카와 다리도 사람들로 넘쳐나고 있어서, 마치 하라주쿠의 다케시타도리 같았다.

라디오밖에 정보를 얻을 수단이 없어서 해일로 원전사고가 일어났다는 것을 안 것은 그 후였다.

---

2   내비게이션에는 도내 도로 대부분이 '정체'를 나타내는 빨간색으로 표시되어 있었다. 도내 전체가 새빨간 표시인 것은 처음 보았다. 그 새빨간 화면이 지금도 인상에 남아 있다.

잔돈은 됐어요
「 배려심이 깊은 사람들 」

"잔돈은 됐어요"라는 한마디는 기쁘다.

골프장에서 아침에 캐디에게 건네는 팁은 하루 동안 잘 부탁한다는 의미가 있겠지만, 앞으로 두 번 다시 만날 일 없는 택시기사에게 그것은 보답을 기대해서가 아니다. 일이 요금 이상이었다는 의미도 있거니와 기사에 대한 응원이기도 하다.

니혼바시 닌교초에 있는 스키야키 맛집에서 무선 손님이 탔다. 도착하자 접대하는 측에서 택시티켓을 내밀었다. 목적지는 가스카베라고 했다. 그 방면은 잘 알고 있어서 안심하고 출발했다.

닛코 가도를 북상했다. 말쑥한 옷차림을 한 40대의 남성으로 나고야에 가족을 남기고 홀로 도쿄에 왔다고 했다. 이야기하는 모습으로 보건대 택시는 잘 타지 않는 듯했다.

가스카베 자택에 도착하자 그 손님은 1만 엔짜리 지폐를 내밀더니 "팁입니다"라고 말했다. 접대 측의 택시티켓으로 자신의 돈으로 부담하지 않아도 되었던 손님의 기쁜 배려심이었다.

그건 그렇고 이런 거액의 팁을 받아 본 적이 없었던 나는 놀라서 "정말 이렇게 많이 받아도 될까요?"라고 확인했다. 그러자 그 손님은 "아, 그것도 그런가요?"라며 1만 엔짜리 지폐를 넣고 5000엔 지폐를 꺼냈다. 15년에 달하는 나의 기사 생활 중에서 1만 엔짜리 팁은 전무후무하게 이때 한 번밖에 없었다. 나는 그 한 번의 기회를 날렸다.

돌아가는 길에 괜한 소리 하지 말고 1만 엔 지폐를 감사히 받을걸 그랬다며 후회했다. '한번 뱉은 말은 주워 담을 수 없다'는 격언이 뼈저리게 와 닿았다.

아사쿠사에서 신주쿠까지 가는 고령의 여성 승객이 탔다. 연배가 있는 여성 승객 중에는 이야기하기를 좋아하는 사람이 많다. 평소에는 말할 기회가 적어서 이럴 때 한껏 하고 싶은 말을 하고 스트레스를 해소하는 것일지도 모른다. 택시기사는 최적의 이야기 상대인 것이다.

신주쿠까지 가는 길에 몇몇 가게에 들러 쇼핑을 했다. 각각의 가게 앞에서 기다려달라는 말을 들었다. 어떤 가게에 들어가서 30분 정도 나오지 않았을 땐 걱정이 되어 안에 보러 들어가기도 했다.

여성 승객은 이야기 중 직접 지은 단가를 읊었다.

'새로 난 대나무가 청청하고 무성하던 대숲 안, 지저귀는 새에 나를 잊는다'

이 단가는 어째서인지 지금도 기억하고 있다.

나는 단가에 대해서 완전히 무지했지만 "잘하시네요"라고 말했다. 천진난만하게 기뻐해주었다.

몇 번이나 멈춰 쇼핑을 기다리는 일도 있어서 택시비가 총 1만 7000엔이 나왔다.

"기사님이랑 많은 이야기를 해서 즐거웠어요."

만 단위로 수입을 낸 것만으로도 기쁜데 팁까지 주고 씩씩하게 내리셨다.

일요일, 우에노역 택시 정류소에서 미토시에서 관광하러 왔다고 하는 손님을 태웠다. 아직 50대인 현직 샐러리맨 느낌을 풍기는 사람으로 손에는 고급스러워 보이는 카메라를 들고 있었다. 료고쿠 방향으로 가달라고 했다.

그곳의 명소인 모몬자[1]나 에코인[2], 후나바시야[3] 등에 들렀다. 들른 장소에서 명소를 배경으로 한 자신의 사진을 찍어달라고 부탁받았다. 지시받은 대로 택시를 내려서 촬영했다.

"어머니가 옛날에 료고쿠에 살았어요. 그런데 지금은 고령이라 몸이 좋지 않아서 스스로 못 움직이세요. 어머니에게 지금의 료고쿠 근방 모습을 보여드리고 싶어요."

남성은 그리 말했다. 효자였다.

일정에 들어 있던 목적지를 싹 다 돌고 마지막에는 다시 우에노 역으로 바래다주었다. 사진을 찍어준 수고비라며 3000엔이나 되는 팁을 받았다.

팁을 준 고객과의 추억은 하나같이 좋은 것뿐이다. 그 배려심에 금액 이상의 가치가 담겨 있다.

---

1 스미다구 료고쿠에 있는 멧돼지 요리 가게이다. 멧돼지 전골이 유명하다.

2 1657년에 지어진 정토종 사원이다. 대일본스모협회가 설립한, 작고한 씨름꾼이나 노인의 영혼을 달래는 '리키즈카(사원)'나 '네즈미코조 지로키치(에도시대 후기의 도적)'의 무덤이 유명하다.

3 1805년부터 이어져온 노포 화과자점으로 칡떡인 구즈모치 가게다. 본점은 고토구 가메이도에 있다.

길거리 선전차
「 둔감한 손님 」

도내를 달리고 있으면 종종 우익의 선전차와 조우한다. 여느 때처럼 독특하게 꾸민 차량에서 음량을 크게 해 군가를 틀어놓고 주행한다. 그 차 대부분이 특정용도 자동차로 세금 우대[1]를 받는다.

나는 '우'도 '좌'도 아니지만 주장을 일방적으로 큰 음량으로 듣는 건 견딜 수 없어서 손님이 타고 있지 않으면 되도록 선전차를 피한다. 그런데 어느 날 운 나쁘게 내 차가 선전차의 포로가 되고 말았던 적이 있다.

다이토 구청 부근에서 탄 손님이 "니혼바시까지 가주세요"라고

---

1   자동차세 등 법정비용이 일반차보다 저렴하며, 경찰차나 쓰레기차 등도 이에 해당된다.

말했다. 주오도리를 직선으로 나아가야 했다. "서둘러주세요"라고 해서 차간 거리를 좁혀가며 오른쪽 차선에 들어갔다. 그 차선에 선전차가 있다는 건 알고 있었지만, 차간 거리는 어느 정도 있었던 만큼 그만큼 억지로 끼어든 것은 아니라 괜찮다고 생각했다. 하지만 그들은 그것을 놓치지 않았다. 마이크 하울링 소리가 들린다 싶더니 스피커에서 대음량으로 "앞에 택시, 끼어들지 마!"라는 고함 소리가 들렸다.

나는 간담이 서늘해졌지만 왼쪽 차선은 차가 꼬리를 물고 있어서 좀처럼 끼어들지 못해 모르는 척하고 핸들을 잡고 있었다.

"어이! ××사의 택시, 너 말이야, 너! 끼어들지 말라고!"

강도가 올라간 목소리가 스피커로부터 덮쳐왔고 그길로 뒤를 쫓아왔다. 내 차는 늑대 앞에 갑자기 나타난 먹잇감인 토끼였다.

"검은 차량, ××사 넘버……."

그들은 내 차 번호를 큰 소리로 낭독하기 시작했다. 역시 상대가 무엇을 싫어하는지를 아주 잘 알고 있었다.

감탄하거나 간담이 서늘해질 때가 아니다. 나는 손님을 태우고 있다. 조금 전부터 이만큼이나 매도당하고 있는 택시에 타고 있는 손님이 걱정이었다.

백미러로 확인하니 40대로 보이는 승객은 스마트폰에 열중하느라 알아차리지 못하고 있는 듯했다. 그건 그렇고 바로 뒤에서부터 울리는 이 큰 음량을 알아차리지 못하다니 이 손님의 둔감함도 실로 대단했다.

선전차가 회사명과 차량 번호를 계속 연호하다 보니 마침내 손님이 알아차린 모양이었다.

"기사님, 조금 전부터 뒤에서 이 차를 두고 호통 치는 건가요?"

절박함이 없는 느긋한 목소리로 그리 말했다.

"네, 그런 것 같네요. 저 사람들 앞에 끼어들어서 아무래도 거슬렸나봐요……."

"하하하, 어디까지 따라오려는 생각일까요?"

나는 제정신이 아니었지만 손님은 아무렇지 않은 듯했다.

간다 스다초교차로에 접어들었을 무렵에 선전차는 꺾어서 우회전했다. 어디까지 따라올지, 설마 내려서 오는 건 아닐지, 걱정하던 나는 온몸에서 힘이 빠질 만큼 안도했다.

"어라, 건너편으로 갔네요."

남성 승객이 왠지 아쉬운 듯 중얼거렸다.

생각해보면 그날은 헌법기념일이었다. 그들은 집회에 참가하기 위해 신사로 향하고 있었구나 하고 납득했다.

쏠쏠한 일
「 사잔의 콘서트행 」

근무 전에 그날 우연히 마주친 동기인 오쓰카 씨가 손짓했다. 사무실 옆에 인적 없는 복도로 데리고 가더니 오쓰카 씨가 "상담할 게 있는데" 하고 말을 꺼냈다.

"다다음 주 토요일에 우리 조카를 데리고 요코하마 아레나에서 열리는 사잔 올 스타즈[1] 콘서트에 가려고 하거든. 오가는 전철이 너무 붐벼서 우치다 씨 택시로 다녀오는 게 어떨까 싶은데."

오쓰카 씨의 자택은 사이타마현 야시오시에 있으니 그곳에서 요

---

1   이 밴드 데뷔 당시, 코미디 그룹인가 생각했는데 나중에 대성했다. 나는 그들의 노래를 제대로 들은 적이 없다.

코하마 아레나까지 대략적인 요금을 머릿속에서 산출해냈다. 갈 때 2만 엔 정도는 될 듯했다. 허물없는 사이이기도 하니 왔다 갔다 하는 사이에 무슨 일은 없을 테다. 나쁘지 않다, 아니 오히려 쏠쏠한 일이다.

"그런데 콘서트 중에는 미터기를 멈춰줘."

콘서트가 3~4시간이면 그사이에는 매상이 전혀 없다. 그렇다고는 하나 왕복에 4만 엔이라는 영업 수익을 확보할 수 있어서 고마울 따름이었다.

나는 생각할 새도 없이 바로 오케이했다.

"고마워. 그리고 이 이야기는 우치다 씨한테만 했으니 다른 녀석들한테는 입 다물고 있어줘."

다른 사람이 알면 부러워하니 아무한테도 말하지 말라는 것이다. 그건 그렇고 이렇게 짭짤한 일을 왜 나한테 맡긴 걸까.

"아니, 나 혼자라면 누구든지 상관없는데 조카가 중학생이거든. 너무 거친 사람이면 곤란하니까."

그 말을 듣고 보니 인격을 평가받은 느낌이 들어서 기분이 나쁘지 않았다.

당일에 평소대로 아침 7시부터 하는 근무를 소화해내고 해가 저물기 전에 미터기를 '회송'으로 바꾸고 지정된 장소로 향했다. 영업 수익은 아직 1만 엔 정도여서 평소라면 초조해할 테지만 이날은 걱정이 없었다. 나한테는 요코하마까지 가는 굵직한 손님이 있으니까.

지정된 장소에서 오쓰카 씨의 조카인 귀여운 중학생이 기다리고 있었다. 차 안에서는 콘서트 전의 흥분을 가라앉히지 못한 오쓰카 씨의 조카가 사잔의 곡[2]에 대해서 오쓰카 씨에게 이런저런 이야기를 하고 있었다. 아이의 흥분과 기대가 이쪽으로까지 전해져와서 여정이 즐거웠다.

요코하마 아레나에 바래다준 후에는 4시간 정도 근처 거리에서 기다렸다. 콘서트를 보고 돌아갈 손님들을 기다리던 기사가 내 아다치 번호를 보고 "오, 쏠쏠하겠네"라며 시시덕거렸다.

밤 9시가 넘어 땀을 흘린 두 사람이 택시로 돌아왔다. 돌아가는 길에도 오쓰카 씨의 조카는 그날의 콘서트에 대해 기뻐하며 말했고 오쓰카 씨도 흥분한 기색으로 계속 이야기했다. 옆에서 듣기만 해도 콘서트의 흥분이 전해져왔다.

그날 미터기 요금은 4만 엔이 조금 넘었는데, 오쓰카 씨는 거기에 팁으로 5000엔을 더해 건네주었다. 요코하마 운전기사에게 들은 대로 실제로 마음 편하고 실로 쏠쏠한 일이었다.

---

2 사잔의 곡을 들은 적 없는 나로서 두 사람의 이야기는 종잡을 수 없었다. 도중에 이야기의 흐름에서 조카가 "저기 우치다 아저씨, 사잔 노래 들은 적 없어요? 그런 사람도 있구나!" 하고 놀라워했다. 즐거운 분위기는 그것만으로도 기분 좋은 법이다.

글썽이던 눈동자
「 조수석에 탄 그 」

어릴 적부터 내 얼굴을 좋아하지 않았다. 눈은 홑눈꺼풀에 가느다랗고, 크고 세모난 코가 존재감을 과시하고 있었다. 어릴 적에 전 야구선수이자 감독인 히로오카 다쓰로를 닮았다는 소리를 들었다. 어디에나 있는 평범한 얼굴이라서인지 길거리에서 종종 다른 사람으로 오해받는다.

신주쿠를 걷고 있을 때 "미우라 씨, 오랜만이에요"라고 누군가 말을 걸었다. 눈앞 1미터 거리였다. 나는 기억에 없었다.

"저기 △△건설의 오하시입니다."

"……."

몇 초 서로 바라보다가 마침내 알아차렸는지 "뭐야"라며 가버렸다. "뭐야"는 이쪽이 해야 할 말인데 말이다.

저녁 7시를 지나 간다역 앞에서 신호를 기다리고 있는데 슈트 차림의 40대 남성이 손을 들면서 내 얼굴을 빤히 보고 있었다.[1] 너무 뚫어져라 보았기 때문에 처음에는 사람을 또 잘못 본 게 아닐까 생각했다.

남성은 직접 조수석 문을 열고 탔다. 혼자일 때 조수석에 타는 손님은 우선 없다. 이상하다고 생각했다.

"오늘은 덥네요" 하고 무난한 세상사 이야기를 했다.

손님의 지시대로 가고 있는데 점점 인적이 드문 길로 들어갔다. 어느 공원 옆 도로에 왔을 때 손님은 그곳에 세워 달라고 했다.

차를 세우자마자 나를 응시하면서 "지금 외로워"라며 상대가 내 허벅지를 만졌다. 눈이 글썽이고 있었다. 나 같은 생김새를 한 초로의 남자라도 개의치

---

1 바깥에서 택시기사의 얼굴은 보기 힘들지만, 기사는 바깥이 무척이나 잘 보인다. 사람이 하는 동작 일거수 일투족부터 표정까지 손에 닿을 듯 알 수 있다. 주행 중에도 횡단보도에 서 있는 사람이 신호를 기다리는 지, 택시를 기다리는지도 구분할 수 있다. 몇 년 동안 이 일을 계속하다 보니 자연스럽게 몸에 배었다.

않는 사람도 있구나. 놀라는 것과 동시에 묘하게 감탄하고 말았다.

"손님, 그만하세요. 전 그럴 마음이 없어요. 요금은 받지 않겠으니 내려주세요."

강하게 말하자 그는 바로 손을 움츠리고서 아무 말도 없이 조수석 문을 열고 다급히 내렸다.

그건 그렇고 그는 어떤 기준으로 나를 선택한 걸까.

실은 이런 경우를 한 번 더 겪었다.

우에노역 근처에는 당시에 통칭 '여장남자 거리'라고 불리는 길이 있었다. 우연히 그곳을 지나갔을 때 손을 들고 있는 남성을 태웠다. 이쪽도 슈트를 입은 50대로 보이는 샐러리맨 스타일이었다. 이 사람도 조수석에 올라탔다. 간다 손님 일을 경험해서 그 시점에서 이미 경계하고 있었다.

상대는 이번에는 잡담 없이 직설적으로 "저기 잠시 같이 있어줄래?"라고 말했다. "아뇨. 전 그럴 마음이 없어요"라고 단호하게 거절했다. 그러자 "그럼 이런 장소에서 어슬렁거리지 마!"라고 큰 소리로 고함을 질렀다.

우연히 지나갔을 뿐 어슬렁거리지 않았지만 그렇게 생각되는 장소구나 하고 납득했다. 그에게는 내가 탐욕스러운 표정을 짓고 있는 것처럼 보였을까.

귀고하고서 이 일을 동료에게 말했다.

"맞아, 거긴 게이바가 많아서 유명해. 몇 년 동안 우에노 일대를 돌아다니고 있다는데, 거기서 손님을 기다리고 있으면 동족이라고 오해받는대. 우치다 씨가 실례를 했네."

궤변
「 **최악의 손님, 수상한 손님** 」

내가 태운 사람 중에서 제일 이상한 손님과 제일 수상한 손님 이야기다.

택시기사는 기본적으로 어디에 사는 누군지도 모를 인물을 태운다. 취객이나 그쪽 세계에 얽힌 사람은 택시기사라면 누구나 엮이고 싶어 하지 않는다. 하지만 겉보기로 판단할 수 없을 때가 많다.

돌아다니다가 아키하바라에서 남성 손님을 태웠다. 30대에 말쑥한 재킷 차림으로 복장도 평범했다. 그런 그가 "마쓰도까지 3000엔으로 가주세요"라고 말했다.

아키하바라에서 마쓰도까지라면 도저히 그 요금으로 갈 수 없다. 미터기를 켜지 않고 달리지 못하는, 즉 엔토쓰[1]를 못하는 시스템으로 되어 있었고 그럴 생각도 없어서 "미터기 요금대로 내셔야 합니다"라고 답했다. 그는 가만히 아무 대답도 없었다.

그길로 목적지로 향했다. 1시간 정도 걸려 도착했다. 미터기는 7000엔을 넘어 있었다. 그러자 손님은 "3000엔으로 가주겠다고 약속했죠?"라고 말하더니 그것만 내고 내리려고 했다.

"그 요금을 받아들인 적 없습니다."

"그런데 그길로 달리기 시작했잖아요. 난 요금에 대해 말했고, 당신이 달리기 시작한 건 수락했다는 거고요."

"미터기대로라고 말씀드렸습니다."

"난 그 이야기를 안 받아들였어요. 내가 제시한 요금을 이해하고 달리기 시작했다고 생각했는데."

완전히 궤변이었지만 뚱딴지같은 소리를 늘어놓기만 해서 일이 해결될 것 같지 않았다. 그사이에 "그럼 재판을 해도 좋으니 잘잘못을 가려보죠"라고 말하기 시작했다. 기사는 반론 못한다고 생각해서인지 억지로 자신의 주장을 밀어붙였다. 이 상태로 10분 이상 말다툼을 하는 사이에 귀찮아졌다. '재판으로 잘잘못을 가리자'고 맞받아칠 각오도 없었다. 분한 마음을 억누르고 그 손님을 내려주

---

1 미터기를 켜지 않고 주행해서 목적지에서 손님에게 요금을 저렴하게 받고서 그대로 착복하는 것이다. 손님도 요금이 저렴해지니 불만이 없고 기사는 요금이 그대로 주머니에 들어간다. 예전 미터기는 빈차 표시로 깃발이 서 있고 옆으로 쓰러뜨려 작동을 개시했다. 깃발이 세워진 상태를 굴뚝에 빗대어서 이렇게 부른다(일본에서는 굴뚝을 엔토쓰라고 말한다-역주).

었다. 손님이 놓고 간 천 엔짜리 지폐 세 장을 보고 있으니 분노가 치밀어올랐다.

근처 4층짜리 맨션에 들어가는 것을 보고 뒤쫓아가서 "손님 택시비 주세요" 하고 큰 소리로 문을 두드려서 괴롭혀줄까 싶었다. 하지만 나한테는 그럴 배짱도 없었다. 내가 할 수 있는 건 그 남자의 뒷모습에다 대고 "이런 얼토당토 않는 언동은 언젠가 되돌아올 거야"라며 저주스러운 말을 퍼붓는 것뿐이었다. 분한 마음을 억누르고 울면서 귀고했다.[2]

이어서 가장 수상쩍은 손님 이야기다.

무선으로 받은 지시로 구라마에역 앞에서 배차를 기다리는 손님이 있다는 소리를 들었다. 가보니 40대 후반으로 보이는 어깨까지 머리를 기른 서퍼 스타일의 남성 한 명이 올라탔다.

"아키하바라요."

그렇게만 말하고 휴대 전화로 어딘가에 전화를 했다.

"지금부터 10분 후에 도착해요. 물건은 있으니 그 자리에서 교환했으면 해요. 네, 검은 택시예요."

지정받은 버스 정류장에 도착하니 그곳에는 손님보다 띠동갑 위정도 되는 연배의 남성이 사람을 기다리는 표정으로 서 있었다. 그

---

2   그 건 이후로 나는 자기방어의 일환으로서 녹음기를 구입해 트러블이 일어날 만한 손님과의 대화를 녹음하기로 했다. 하지만 그 후 그런 손님과 맞닥뜨리는 일이 없었다.

러자 손님은 "저 사람 앞에 세워줘요. 안 내릴 거니 괜찮다고 할 때까지 멈춘 채 있어줘요"라고 지시했다.

지시받은 대로 남성 앞에서 차를 일단 정차시켰다. 그러자 손님은 창문을 열어 무언가를 건네고 교환해서 무언가를 받았다. 그게 끝나자 그곳에서 기본요금 범위 내의 떨어진 장소를 지정해서 그곳에서 내렸다.

이 손님을 그로부터 몇 주 후에 한 번 더 태웠다. 마찬가지로 구라마에역 앞에서 올라타 이번에는 다른 장소로 향하더니 마찬가지로 무언가를 교환했다. 확실한 증거는 없다. 하지만 위반약물이나 뭔가 법에 저촉되는 물건을 거래하는 것이라고 의심하는 게 보통일 테다. 나도 그리 생각했다. 그리 의심하면서도 만약 틀렸다면 고객에게도 회사에게도 민폐를 끼치게 되지 않을까 하는 망설임도 생겼다.

이 일은 회사에 알리지 않고 혼자 생각한 끝에 다시 한 번 더 같은 손님이 타서 마찬가지로 거래를 한다면 그때는 경찰에 신고[3]하자고 결정했다. 하지만 그리 결정한 이후 다시 그 손님을 태우는 일은 없었다.

몇 번이나 같은 택시 회사를 이용하는 건 위험하다고 생각해 다른 회사로 바꾸었거나 혹은 이미 체포되었을까. 아니면 내 지나친

---

3 현재는 블랙박스가 발전해서 차 밖에서도 차 안에서도 영상이 꽤 선명하게 기록된다. 블랙박스의 영상이나 음성이 움직이지 않는 증거가 되기에 택시를 이용한 범죄행위는 하기 힘들어졌을 테다.

생각일 뿐 대수롭지 않은 물건을 주고받기만 했을까.

지금까지도 범죄행위에 가담한 적 없는 나는 모쪼록 후자이기를 바랐다.

택시 도박

「 도쿄에서 열리는 스모 대회의 즐거움 」

도쿄에서 스모 대회가 열릴 때[1] 료고쿠 국기관에서 손님을 기다린다. 오후 6시 전에 모든 대전이 끝나면 국기관의 출입구에서 일제히 사람들이 나오고 그 대부분이 바로 옆에 있는 JR료고쿠역으로 향한다. 그중에서 택시를 이용하는 손님을 기다린다.

나는 오후 5시 무렵부터 '쏠쏠한 장소'에 차를 대고 기다렸다. 쏠쏠한 장소가 반드시 선두인 건 아니다. 왜냐하면 얼른 나오는 사람은 출입구에서 가까운 비교적 저렴한 입장료를 낸 사람이고, 나중에 나오는 사람은 칸막이를 한 관람석이나 스모판 바로 옆의 관람

---

1 스모 경기가 료고쿠 국기관에서 개최되는 건 해마다 3회이며, 1월과 5월과 9월이다.

석에 앉았을 귀빈일 가능성이 높기 때문이다.[2]

도쿄의 개최 장소인 료고쿠 국기관을 영역으로 삼고 있던 사람은 다섯 살 정도 연상에 같은 영업소의 선배인 시바타 씨였다. 싹싹한 성품에 마음이 잘 맞았다. 얼굴을 보면 인사를 하고, 그사이에 손님을 기다리느라 순서가 늦으면 그는 내 차에 타서 나와 잡담을 나누었다.

어느 날 시바타 씨가 "이다음에 태울 손님, 누가 더 멀리 가는지 내기할래?"라고 말했다. 멀리까지 태운 쪽이 캔커피 하나를 얻어 마시는 것이다. 나도 동의해서 료고쿠에서 출발하는 '택시 도박'이 시작되었다.

다음에 만났을 때 서로 솔직하게 고백했다.

"난 신주쿠. 우치다 씨는?"

"난 아키하바라. 시바타 씨가 이겼네."

그리하여 캔커피를 사주었다. 물론 양심을 바탕으로 한 신고제라서 멀리 말한 사람이 승자였다. 그런데도 분명 서로

---

2 그런데도 대부분의 사람은 아사쿠사역이나 우에노역, 도쿄역까지 간다. 딱 한 번 다카오까지 가는 손님이 있었다. 이건 대박 당첨이었다. 이런 경험을 하면 관둘 수 없어지는 건 파친코와 마찬가지다.

솔직하게 신고했다. 이 승부는 3년 정도 이어졌고 결과는 비등했다. 시바타 씨와 만나는 건 이 료고쿠 국기관 앞뿐[3]이어서 4개월에 한 번 도쿄 경기가 개최되면 국기관으로 손님을 기다리러 가는 게 조금 즐거웠다.

얼마 지나지 않아 국기관 앞에서 그의 모습이 보이지 않게 되었다. 영업소 사무직원에게 물어보자 암으로 세상을 떠났다고 했다. 암이 발견되고 반년도 지나지 않아 죽었다고 했다. 일흔을 앞두고 있었으니 아직 젊다. 나중에 주소를 물어 향을 올리러 방문했다.

주소지는 아다치구 아야세의 낡은 연립주택이었다. 부인 이야기는 몇 번인가 들은 적 있었다. 분명 학창시절 동급생으로 현직 간호사로 일하고 있다고 했다. 택시 승차일에는 야식용 도시락을 싸서 들려준다는 이야기를 하며 쑥스러운 듯 보여준 적이 있다. 자녀는 없었던 모양이었다.

인터폰을 눌렀지만 사람이 없었다. 현관 우편함에 '생전에 시바타 씨에게 신세를 진 택시기사입니다. 소소하면서도 즐겁게 어울려주셔서[4] 감사했습니다'라고 익명으로 편지와 조의금을 넣었다.

지금도 국기관 옆을 지나가면 시바타 씨와 했던 택시 도박을 그리워하며 떠올린다.

---

3   같은 영업소라도 출차 시간이 다르면 얼굴을 마주할 일이 거의 없다. 시바타 씨와도 사내에서 거의 만나지 못했다.

4   시바타 씨는 사내 정보통이었다. 어느 직원의 이동은 금전 문제가 원인이었다든가, 어느 기사와 여성 기사가 불륜관계라든가, 등등 화제가 끊이지 않을 뿐만 아니라 말을 잘해서 그와 대화를 나누고 있다 보면 실로 즐거웠다.

방약무인
「 오싹한 책략 」

심야 0시 아사쿠사였다. 30대 취객이 타자마자 느닷없이 "똑바로 가!"라고 했다. 차는 구라마에 방면으로 향하고 있었고 지시대로 똑바로 달렸다. 200미터 정도 달리고서 "이 방면이 맞나요?"라고 확인하자 "닛포리"라고만 했다. 닛포리라면 반대 방향이다.

"닛포리는 역방향입니다. 가다가 U턴 하겠습니다"라고 말하자 "왜 반대 방향으로 가는 거야!"라며 고함을 질렀다. 이런 유의 손님에게는 변명을 해도 소용없어서 순순히 사과했다.

닛포리에 도착해서 택시비를 지불할 때 손님의 지갑에서 명함이 떨어졌다. 손님이 알아차리지 못해서 내가 주워 건네려고 하는데 회사명이 언뜻 눈에 들어왔다. 대기업 광고회사 이름이 보였다.

무심코 "이런 버젓한 회사에 다니는 분이 택시기사를 곤란하게 만들면 안 되죠"라고 말하고 말았다.[1] 회사를 들킨 손님은 작은 목소리로 "죄송합니다"라고만 말하고 도망치다시피 사라졌다.

밀실 안에서 방약무인하게 행동하던 손님도 신분이 드러나는 걸 꺼려한다. 일류 회사 샐러리맨이라면 더더욱 그러하다.

밤 11시가 넘어 신코이와였다. 러시아 미녀 두 사람에게 양쪽 겨드랑이를 부축받아 택시에 떠밀리다시피 탄 취객은 "우시쿠까지 가줘. 도착하기 조금 전에 깨워주고"라고만 말하고 벌러덩 드러누웠다. 이바라키현의 우시쿠는 매력적이다. 여기서부터 우시쿠까지라면 2만 엔은 넘을 테다.

우시쿠로 향하는 도중에 뒷좌석에서 코 고는 소리가 들렸다. 도착하기 직전 "손님, 이제 곧 도착합니다"라고 말을 걸었지만 일어나지 않았다. 몇 번인가 말을 걸었지만 코 고는 소리가 멈출 기미가 전혀 보이지 않았다.

정신없이 자는 사람을 깨우는 법을 어릴 적에 배웠다. 한밤중에 오줌을 싸고 말아 옆에서 자던 할머니를 큰 소리로 불렀더니 일어나서 "간 떨어질 뻔했잖아"라고 혼쭐이 났다. 그 이후 처음에는 작

---

1 본래는 손님에게 이런 소리를 해서는 안 된다. 그건 알고 있었지만 나도 아무 소리나 듣는 게 싫어서 무심코 말이 나오고 말았다.

은 소리로, 그리고 갈수록 큰 소리를 내서 깨우는 기술을 익혔다. 평범한 취객이라면 이걸로 잠에서 깬다. 하지만 이 승객은 그런데도 눈을 뜨지 않았다. 기사는 손님의 몸을 건드려서는 안 되기에 이제 어쩔 수 없었다.

우시쿠에 도착해서 마침내 손님이 깼다. 그러더니 "왜 더 전에 안 깨워 준 거야!" 하고 화를 내기 시작했다. "몇 번이나 말을 걸었어요"라고 말해도 수그러들지 않았다. 지나가던 사람이 보고 있다가 "경찰 불러드릴까요?"라고 말을 걸어주어서 간신히 소동은 가라앉았다.

손님은 만 엔짜리 몇 장을 내던지고 내 무선 번호를 혼잣말처럼 복창하면서 멋대로 내렸다. 지폐를 주워 모으니 다섯 장이었다. 요금은 2만 엔 하고 조금 더 나왔으니 명백하게 요금을 더 많이 냈다. 나는 바로 회사 무선실에 상황을 알렸다. 무선실에서는 우선 그대로 가지고 돌아와 영업소에 제출하라고 지시를 내렸다.

그 후 그 손님으로부터 회사에 클레임 전화가 왔다. "미터기보다 요금을 더 많이 냈으니 돌려줘요"라고 했다. 그때 바로 회사에 연락하지 않았더라면 나는 횡령범이 되었을지도 모른다. 회사가 자세히 조사해본 바 나에게 잘못은 없어서 더 받은 금액을 회사 측이 변상하기로 하여 그걸로 끝났다.

하차할 때의 혼잣말은 무선번호를 잊지 않기 위해 복창한 것이다. 그건 그렇고 참으로 무서운 책략이다.

관둘 때쯤 더 효과적으로 깨우는 법을 동료에게 배웠다. 휴대 전화 착신음이었다. 이 소리를 내서 손님의 귀에 대면 거의 100퍼센트 확률로 자연스럽게 눈을 뜬다. 이걸 손님에게 시험해서 증명했을 때 몇 년 빨리 알았으면 좋았을 텐데 싶었을 정도였다.

어머니의 임종
「 '앞모습'만을 보이고 세상을 떠났다 」

2011년 어머니한테서 폐선암이 발견되었다. 의사로부터 수술을 포함해 다양한 치료법을 제안받았다. 하나같이 입원이 필요한 것이었다. 하지만 어머니는 전부 거절하고 그때까지와 변함없이 가쓰시카구 다테이시의 자택에서 나와 생활하기를 선택했다.

어머니와 함께 생활하면서 가능한 한 효도를 했다. 그건 19세에 나를 낳고 고생하며 키워준 어머니를 두고 최소한으로 갚은 은혜였다.

어머니는 오이 다치아이가와 옆에서 태어났다. 네 자매 중 둘째였다. 철이 갓 들었을 무렵 "한동안 묵으러 가자"고 해서 혼자만 나와, 아이가 없던 친척 집의 양녀가 되었다. 그런 시대였던 것이다. 나중에 어머니는 나에게 영원히 자매들 곁으로 돌아갈 수 없다는 사실을 생각지도 못했다고 알려주었다.

아버지와 결혼한 후 세 명의 자식을 두었지만 아버지가 멋대로 하는 행동에 계속 휘둘렸다. 그 결과가 회사 도산과 연대보증인으로서 재판에 출석하는 것이었다. 도산 소동을 거쳐 가쓰시카로 이사를 하고 그곳에서 여러 친구가 생겨 마침내 평화로운 말년[1]을 맞이했다.

어머니는 암이 발견되기 몇 개월 전 스스로 영정 사진을 촬영하여 액자에 넣어 놓았다. 어머니의 친구들은 "이런 걸 준비하는 사람일수록 장수한다"며 웃었다고 한다.

폐선암을 선고받은 지 2년 후 어머니는 컨디션이 저조하다고 했다. 그때까지는 예전과 다름없는 생활을 하고 있어서 이 생활이 이대로 몇 년이나 이어질 것이라고 생각했다. 스스로 바라서 가쓰시카구 동네 병원에 입원했다. 나는 간병을 하기 위해 회사를 한 달정도 쉬기로 했다. 여동생도 병원에 매일같이 찾아왔고 남동생도 일하는 짬짬이 들러주었다.

의사 말에 따르면 폐선암이 상당히 진행되어 여생이 얼마 남지

---

1 요 몇 년 전에 아버지는 79세에 폐렴으로 타계했다.

않았다고 했다. 나는 매일 병원에 드나들며 어머니와 마지막 시간[2]을 보냈다.

어머니가 입원한 지 3주 정도 지났을 때였다. 집을 정리하려고 잠시 자택으로 돌아왔을 때 병원에서 어머니의 급변한 상태를 알려왔다. 병실에 달려가자 다양한 장치가 침대를 둘러싸고 있었다. 어머니의 상태가 좋지 않다는 건 간호사들의 분주한 움직임으로도 알 수 있었다.

내내 간병하던 여동생도 다른 일로 집에 돌아가 있었다. 여동생에게서 바로 달려오겠다는 연락이 왔다. '늦지 말아줘'라고 생각하면서 산소마스크를 쓴 어머니에게 "이제 곧 와요"라며 말을 걸어서 계속 격려해주었다.

여동생이 숨을 헐떡이며 도착해서 어머니의 손을 잡았던 딱 그 순간에 모니터 화면이 상하 물결에서 수평으로 변했다.

어머니는 돌아가시기 직전에 "장례비 정도는 남겨뒀으니 안심하렴"이라며 웃었다. 장례비와 계명비 등으로 지출할 150만 엔이 조금 넘는 돈이 어머니의 계좌에 남겨져 있었다. 료칸[3]은 '뒷모습을 보여라, 앞모습을 보여라, 지는 단풍이여'라고 읊었다고 한다. 어머니는 '앞모습'만 보이고 세상을 떠났다.

---

2   4인 병실에 입원했으며 나는 아침부터 밤까지 침대 옆에서 책을 읽으며 시간을 보냈다. 어머니가 "아무것도 안 해도 되니 곁에 있어줬으면 좋겠구나"라고 말했다. 어머니는 존엄사 협회에 가입되어 있었다. 연명 치료를 일절 받지 않겠다는 의지는 확고했던 것이다.

3   에도시대의 하이쿠 시인이다.

어머니가 돌아가신 후 어머니 친구 몇 사람에게서 "널 자랑스러운 효자라고 칭찬하셨어"라는 편지를 받았다. 그런데 후회하는 게 딱 한 가지 있다.

어머니가 돌아가신 후 되풀이해서 읽은 일기에 나온 어느 하루에 '쇼지와 하는 드라이브가 너무 좋다'고 적혀 있었다. 나는 '쉬는 날에는 핸들을 보는 것도 신물이 난다'고 어머니에게 불평을 부린 적이 있었다. 그 말을 듣고 나서 어머니는 나한테 드라이브를 데리고 가달라고 말하지 않게 된 걸 테다. 어머니와 한 드라이브는 결국 진다이지 절에 소바를 먹으러 갔던 그 한 번뿐이었다.

사람은 짊어지고 있는 게 있으면 그것을 위해 자신의 한계 이상의 힘을 뽑어낸다고 한다. 내가 짊어지고 있던 것 중 제일 큰 존재는 어머니였다. 몸과 마음이 녹초가 되어 귀가해서도 일하면서 좋았던 일만 이야기하고 세상 제일 팔자 편한 듯 행동했다. 어머니가 계시지 않았다면 15년 동안이나 택시운전을 하지 못했을 테다.

제 4장

택시기사여 안녕

최고 영업 수익
「 12월, 금요일의 기적 」

환갑이 지나고서부터 이 일에서 언제 빠져나올지 진지하게 생각하게 되었다. 이유 중 하나는 지병인 당뇨병 때문에 연속으로 열 몇 시간에 이르는 근무가 체력적으로 버거워져서이다. 물론 자기 책임이지만 불규칙하기 짝이 없는 이 일에 대한 스트레스도 한몫했을 테다.

막연하게 생각하던 퇴직을 구체적으로 생각하기 시작한 것은 2013년 무렵이다. 나는 62세가 되었다. 아들도 사회인이 되어 독립했고 부모님도 타계해서 이제 나만 생각하면 되었다. 끝까지 해냈다는 마음도 있었다.

서서히 일을 줄여나가기로 정하고 한 달의 당번날[1]을 12일에서 6일로 변경했다. 연금은 60세부터 받는 선지급 제도를 선택했다.

갓 입사했을 무렵 회사로부터 좌우지간 달리라는 말을 듣고 손님이 있을 리도 없는 닛코 가도를 그저 앞뒤 제쳐놓고 왕복하던 게 거짓말처럼 필사적인 모습은 사라져 있었다. 한 달에 여섯 번만 하는 출고. 그것마저 매상을 올리기 위해 어떻게 하면 좋을지를 궁리하지 않고 차를 질질 끌고 다니며 귀고 시간이 되기만을 기다리고 있었다.

그 전까지는 오전 1시를 넘어서까지 돌아다녔지만, 이제는 오전 0시 전에는 귀고했다. 이 시간에 돌아오면 0시 반의 게이세이세키 야역 막차를 탈 수 있었기 때문이다. 옛날에는 필사적으로 달려들었던 무선도 울리게 둔 채 방치했다. 최고 전성기에는 500만 엔을 넘겼던 연봉도 180만 엔까지 떨어졌다.

욕심이 사라지면 오히려 운이 따르는 일도 있다고 한다. 2013년 12월 금요일, 기적 같은 일이 벌어졌다.

당일도 아침 7시부터 근무했다. 손님을 지정 장소에 바래다주자 그곳에서 기다렸다는 듯이 다음 손님이 탔다. 다음 장소에 도착하자 그곳에서도 바로 손님이 손을 들고 있었다. 이런 일이 반복되자 오전 10시부터 오후 5시까지 물고기가 연달아 잡히는 물 반 고

---

1 한 달의 당번 횟수에 대해서는 기본적으로 본인의 희망을 우선시해준다.

기 반 상태였다. 그런 일이 네다섯 번 이어지자 이제 손님을 발견하고 싶지 않다는 심정이 들었다. 연속 7시간이나 손님을 계속 태우는 상태여서 우에노공원에서 손님을 내려주고 주위에 다음 손님이 없는 것을 확인하고 마음을 놓았다. 15년간 근무하면서 이런 일은 처음이었다.

겨우 한숨 돌릴 수 있겠다며 차를 세우고 좌석 시트를 뒤로 넘기던 차였다. 손님이 문을 똑똑 두드렸다.

"운행하나요?" 하고 창문을 들여다보며 물어왔다. 눈이 마주쳤기에 안 된다고 할 수는 없었다. 그 손님을 태우고 목적지에 도착하자 그곳에 또 새로운 손님이 있었다. 기쁘다기보다 지나치게 바빠서 허둥댔다. 이렇게 바쁜 날은 이전에도 이후에도 없었다. 이날뿐이었다.

오전 1시에 귀고해 사무직원에게 일지를 제출했다.[2] 나의 하루

---

2 본서에 몇 번인가 등장한 사무직원 야마다 씨는 이 얼마 전에 그룹 회사의 다른 영업소로 이동하게 되었다. 실은 야마다 씨의 이동도 그가 사라진 후에 다른 사람에게 들었다. 회사 내의 만남이나 이별은 순식간이다.

영업 수익은 9만 9900엔으로 지금까지 중 최고액이었다. 사무직원이 "아까워라!" 하고 농담을 던져 웃게 해주었다. 15년이나 근무하다 마침내 최고 영업 수익을 경신했다는 게 쑥스러운 듯하면서도 자랑스러운 기분이 들었다.

우연히 운이 너무 좋았던 이런 날도 있었으나 이 해 평균 영업 수익은 하루에 2~3만 엔 정도였다. 결국 영업 수익 10만 엔의 대박을 나는 한 번도 체험하지 못했다.

결정적인 사건

「 일과성흑내장을 의심받다 」

그만둘 시기를 언제로 잡을지 생각하던 중에 결정적인 일이 일어났다.

2016년 9월 그날도 아침 7시부터 승차했다. 점심을 지나 가스가도리에서 손님을 내려주고 그대로 길을 따라 돌고 있을 때였다. 갑자기 암막이 왼쪽에서 오른쪽으로 쳐진 것처럼 시야가 차단되었다. 무슨 일이 벌어졌는지 모른 채 다급히 차를 도로가에 정차시켰다. 왼쪽 눈이 시력을 완전히 잃은 상태였다. 양쪽 눈을 감고 고개를 숙이고 마음을 진정시켰다. 5초 정도가 지나 조심스럽게 눈을 떠보자 시력이 돌아와 있었다.

이런 경험은 처음이었다. 손님을 태우고 있었더라면 어땠을까 생각하자 오싹해졌다. 그날은 '회송'으로 처리하고서 그대로 귀고했다.[1] 그런 일이 운행 중에 일어났다면 어땠을까 생각하니 더 이상 일을 나갈 수 없다는 판단이 섰다. 15년간 한 번도 손님을 위험한 상황에 빠뜨리지 않고 안전하게 태운 것이 나름대로의 자랑이기도 했다.

회사에 사정을 전하고 10월 15일로 퇴사가 정해졌다.

며칠 후 내과를 들러 정밀검사를 받았다. '심각한 상태는 아니니 이대로 경과를 관찰[2]'하게 되었다. 또 이 증상이 일어나면 손님이나 회사에 민폐를 끼친다. 그리 생각하자 두 번 다시 핸들을 잡을 마음이 들지 않았다.

퇴직날이 정해지고 로커 정리를 하고 있으니 옆에서 옷을 갈아입고 있던 'D조'의 구보 씨가 말을 걸어왔다.

"우치다 씨라면 일 아직 더 할 수 있지 않아요?"

택시 경력 10년의 그는 나보다 아래로 띠동갑이다.

"아니, 이제 나이도 나이니 지쳤어."

눈 질환에 대한 건 말하지 않았다.

---

1 이튿날 바로 안과에 달려갔다. 진단받은 바로는 '일과성흑내장이 의심된다'는 것이었다. 의사의 설명으로는 혈관이 막혀서 일어나는 증상이라고 하며 내과에서 정밀검사를 더 받아보라는 말을 들었다.

2 약을 처방받아 복용하면서 경과를 지켜보게 되었다. 평소에는 '이 나이가 되면 무슨 일이 일어나도 이상하지 않다. 각오는 되어 있다'고 생각했는데 현실로 닥쳐오자 스스로도 부끄러울 정도로 동요하고 말았다. 약을 계속 복용한 덕분인지 더 이상 이 증상이 나타나지 않았다.

"쓸쓸하겠어요."

'D조'인 그와 만날 일은 그다지 없고 얼굴을 마주해도 두세 마디 서서 나누는 정도 되는 사이였지만, 배려해서 그런 말을 해주니 기뻤다.

"이거 쓸래?"

비 오는 날을 대비해 로커에 넣어둔 새 비닐우산을 구보 씨에게 내밀었다.

"잘 쓸게요. 감사합니다. 저는 드릴 게 아무것도 없는데⋯⋯."

"괜찮아. 앞으로 건강하게 잘 지내."

택시기사의 입사와 퇴직은 빈번하다. 꽃다발이나 송별회 등은 없다. 소장이나 사무직원들에게 인사를 하고 영업소를 뒤로했다.

역으로 향하는 도중 이 시간에 출근하는 기사들과 스쳐지나갔다. 오늘도 무사고에 힘내시게들. 그런 생각을 하면서 익숙하게 지나온 게이세이세키야역까지 가는 길을 담담하게 걸어갔다.

퇴직 후
「독거인의 삶」

나는 2016년 10월 15일자로 퇴사했다. 65세였다.

퇴직 후 독거 생활이 시작되었다. 아침 5시 30분에 진즉에 일어나서 졸린 눈을 비비며 채비를 하고 회사에 갈 필요도 없다. 원하는 만큼 한없이 잘 수 있다. 처음 열흘 정도는 전혀 아무것도 하지 않고 멍하니 보냈다. 그런데도 처음 한 달[1]은 다섯 시가 넘으면 자연스럽게 눈이 떠졌다. 순간 일어나자 싶다가, 아 이제 관뒀지 하고 생각을 고쳐먹었다.

---

1 퇴직 후 자유인인 척 점잔을 빼며 '약간 불량스러운 아저씨'를 흉내 내 인생 처음으로 콧수염을 길러보았다. 거울을 볼 때마다 그저 초라한 할아버지가 있었다. 바로 밀어버렸다.

평범한 생활에 익숙해지는 데 한 달 정도가 걸렸다. 오전 중에는 청소, 세탁, 분리수거 등을 하고 느긋하게 신문을 가져다 읽었다. 오후에는 식사를 겸해 산책을 하러 나섰다. 퇴직하면 이 일에 대한 미련이나 남다른 감회가 찾아오지 않을까 했지만, 스스로도 놀랄 만큼 담담했다. 노는 데 질려서 뭔가 하고 싶어지지 않을까 했는데 그다지 질리지도 않았다. 15년 동안이나 일했는데 이렇게 아무 생각도 들지 않는 것도 뭔가 이상했다.

나는 연금생활자가 되었다.

원래 술이나 담배를 하지 않는다. 앞서 언급한 대로 일시적으로는 고질병이 된 파친코도 예순이 되기 전에 자연스럽게 멀어졌다. 파친코 기계의 스타일이 젊은 층으로 바뀌었고 투자금도 거액이라 홀가분하게 즐길 수 없게 되었다. '이제 때려치울까?' 하는 마음으로 끝내게 되었다. 열정이 사라져 파친코 기계 앞을 지나도 마음이 동하지 않았다. 한때 즐기던 골프도 어느새 관뒀다. 골프장까지 나가는 게 번거로워서 골프채도 처분했다. 차나 오토바이는 물론 자전거조차 가지고 있지 않았다. 요리는 하지 않아서 메뉴가 늘 바뀌는 마트 반찬이나 냉동식품 등으로 해결했다.

여행도 가지 않았다.[2] 꼭 필요한 옷이나 신발은 세일하는 저렴한

---

2 아들이 일 때문에 태국에 부임했던 적이 있다. 아들로부터 "어머니는 두 번이나 와줬는데 아버지는 한 번도 안 오시고"라는 소리를 들었다. 가지 않는 것이 아니라 일이나 금전적인 문제로 가지 못한 것이다. 예전에 도매업을 할 때는 몇 번인가 해외여행을 갔지만 도산한 이후에는 한 번도 해외여행을 간 적이 없다.

것이면 충분했다. 생활 속에서 필요한 것은 전기, 가스, 수도, 월세, 신문비, 스마트폰비 정도였다.

예전부터 그랬지만 '남은 남, 나는 나'라고 딱 잘라 나눌 수 있게 되었다. 타인을 부럽다고 생각하는 일도 없거니와 특별히 가지고 싶은 것도 이제 아무것도 없었다.

지병 때문에 통원비와 약값은 빼놓을 수 없다. 그게 한 달에 8000엔 정도 나가서 의외로 크다. 국민건강보험 덕분에 20퍼센트만 부담해도 되는 게 실로 감사하게 느껴졌다.

수급하는 연금은 한 달에 12만 엔 정도로 그중 집세가 6만 엔, 그 밖의 생활비가 5만 엔으로 의료 관련 지출이 있어 졸라매도 매달

2~3만 엔은 모자란다. 모자란 만큼은 얼마간의 저축과 어머니가 남긴 몇 십만 엔의 유산을 조금씩 쓰고 있다. 그 돈도 조만간 떨어질 테다. 어떻게든 해야 한다고 생각하지만, 어떻게든 되겠지 생각하는 하루하루를 보내고 있다.

존경의 눈빛
「 실버 주차장 관리원 모집 」

생전 어머니가 '가난해도 자긍심을 잃지는 마'라고 자주 말했다. 전쟁 중 표어에 '탐내지 않습니다. 이길 때까지는'이라는 게 있었다고 하는데, 지금의 나는 '탐내지 않습니다. 죽을 때까지는'이다.

나에게는 지금 소소한 즐거움이 있다. 즐거움 중 하나는 짝수 달의 15일이다. 말하지 않아도 누구나 다 아는 연금 지급날이다. 돈을 크게 필요로 하지 않지만, 완전히 필요로 하지 않는 건 아니다. 두 달치인 24만 엔이 입금되는 날이 며칠 전부터 애타게 기다려진다. 다른 한 가지 즐거움은 일흔이 되었다는 것이다.

나는 2021년 9월에 갓 일흔이 되었다. 일흔이 되면 '도쿄도 실버

패스[1]'가 1000엔에 발행된다. 이것만 손에 넣으면 도내는 어디든 지 마음껏 갈 수 있다. 취미로 시간을 때우려고 하던 산책은 공짜 인 데다 건강에도 좋다. '실버패스'를 손에 들고 예전에 일로 갔던 적 있는 장소로 향했다. 어디로 가라고 지시받지도, 길을 틀렸다고 클레임을 듣는 것도 아니었다.

도내의 강가는 하나같이 정비되어 있어서 산책하기에 최적이다. 간다가와, 스미다가와, 아라카와, 에도가와, 나카가와, 메구로가 와, 샤쿠지이가와, 묘쇼지가와, 노미카와, 오요코가와, 센다이보리 가와, 요코짓켄가와, 기타짓켄가와 등 강가를 걸어서 돌아다닌다. 지치면 '실버패스'를 사용해 귀가한다. 이 즐거움을 구가하고 있다. 이런 소소한 즐거움이 있는 생활도 나쁘지 않다.

예전의 택시 동료들은 대부분이 아직 현역이라서 자연스럽게 소 원해졌다. 사람과의 교류를 원해서 구에서 주최하는 무료 '건강마 작[2]' 서클에 가입했다. 한 주에 한 번 정도 그곳에 모인 동년배 사람 들과 교류하고 있다. 그러던 중 구의 공보지 구인란에 '실버 주차장 관리원 모집' 글을 발견했다. 일당 8000엔이었다. 흥미가 생겨서 이미 그 일을 하고 있는 지인인 후지와라 씨에게 전화를 걸었다.

---

1 고령자의 사회 참가 장려와 복지 향상을 목적으로 도쿄도의 지원 아래 도쿄버스협회가 실시하고 있는 사 업이다. 이 패스로 도내 민영버스와 도영교통을 마음껏 이용할 수 있다.

2 시니어 서클로, '(돈으로) 내기하지 않는다' '(담배를) 피우지 않는다' '(술을) 마시지 않는다'의 세 가지를 하지 않는다는 방침의 '정신 건강'을 내세우고 있다.

그는 나보다 다섯 살 많고 '건강마작' 서클의 동료이기도 했다.

"우치다 씨, 일단 지원해보는 게 어때? 그런데 아마 안 될 거야. 이 일은 다른 잡초뽑기나 청소 작업에 비해 편해서 순서를 기다려야 해. 더구나 장소에 따라서 버거운 곳과 수월한 곳이 있는데 우리가 못 골라. 실제로 나도 지금 일하는 장소에서 다음 달부터 가나마치 쪽으로 이동하게 됐어."

후지와라 씨의 말을 듣는 동안 내가 주춤하는 것을 깨달았다. 세상은 생각보다 호락호락하지 않다. 그리고 나는 길거리에서 접하는 노란색 안전띠를 맨 자전거관리원이나 도로안전유도원들을 존경의 시선으로 보게 되었다.

한탄의 코로나
「 현직 기사의 고백 」

2020년 봄부터 시작된 코로나는 택시 업계에도 예전의 리먼쇼크와는 비할 바가 되지 않는 엄청난 타격을 주었다.

어느 날 양손에 무거운 걸 끌어안고 있어서 역에서 대기하던 택시를 이용했다. "가까운 곳이라서 죄송합니다" 하는 내 말에 "네"라며 낙담하는 기색이 엿보이는 작은 대답이 돌아왔다. 대기하고 있었는데 단거리 손님이 탔을 때의 기사의 심정은 잘 안다. 가는 길을 전해도 노골적으로 의욕이 없는 듯 "네"라고만 했다.

엎어지면 코 닿을 데라서 미안하다고 생각한 나는 1000엔을 지불하고 잔돈은 팁으로 줄 생각이었다. 하지만 그 반응을 보고 팁을

주는 것도 아까워져서 잔돈을 그대로 받아들었다. 코로나여서 힘들 때일수록 기분 좋게 손님을 맞이하는 게 자신을 위해서 좋을 거라고 생각하는데 말이다.

코로나가 끼친 영향에 대해서 나는 지인인 현직 기사 여러 명의 이야기를 들었다. 70대인 가와나 씨는 내가 현직 시절에 신세를 진 반장이기도 했다.

"리먼쇼크 때는 그래도 거리에 사람이 있었잖아. 택시를 타는 사람이 줄었을 뿐이었고. 그런데 지금은 사람 자체가 없어. 이런 적은 처음이야."

전화기에다 대고 쓴웃음을 지었다.

"긴자는 유령도시 같아. 밤의 긴자가 '죽음의 거리'가 됐으니 신주쿠 가부키초라든가 롯본기 일대에서 돌아다니는 빈 택시가 많아. 다들 하는 생각은 똑같으니 거기도 손님을 기다리는 택시로 넘

쳐나. 한창 버는 시간인 할증 때도 절망적이라고 하더군."

택시, 버스 등의 업계 잡지인 《도쿄교통신문》에 따르면 도내 택시 가동률이 전년 대비 35퍼센트까지 떨어졌다고 한다.[1] 또한 도내에 있는 택시 회사의 약 600명의 운전수가 전원 해고를 당해 화제가 되었다.

"어제 아침 9시부터 오늘 오전 3시까지 일했어. 그런데 얼마 벌었을 것 같아? 3만 엔 조금 넘었어. 말이 돼?"

가와나 씨는 회사에 붙어 있는 성적표에서 늘 상위 그룹에 있었다. 평균을 왔다 갔다 하던 나보다 성적이 훨씬 위인 우수한 기사였다. 그런 그도 영업 수익이 이 정도였다.

"회사에서 최저 4~4.5만 엔은 매상을 올리라고 닦달하지만, 무리인 건 무리야. 어떻게 할 수가 없어."

내가 현역이던 시절, 그는 하루에 6~7만 엔은 매상을 올렸을 테다. 그게 절반으로 떨어졌다.

"난 이 일을 해서 가족도 먹여 살렸어. 아이도 둘이나 길러내서 좋은 직업이라고 생각했어. 그런데 지금 일하는 사람들은 가여워. 신입이 들어와도 금방 관두지. 먹고 살기 힘드니 어쩔 수 없어."

"우치다 씨는 딱 좋은 시기에 관뒀을지도 몰라"라는 가와나 씨의 말이 귀에서 떠날 줄 몰랐다.

---

1 긴급사태선언이 발령된 2020년 4월 도내특별구(도내 23구, 무사시노시, 미타카시)의 택시 한 대당 평균 수익은 1일 2만 2511엔으로 평소의 약 절반까지 떨어졌다.

4만 명 이상의 사람을 접하고서

"세상에 잠보다 좋은 약은 없어. 덧없는 세상의 바보나 일어나서 일하는 법이지."

어릴 적에 할머니가 자주 이런 말을 했다. 오타 난포가 지은 광가(狂歌)로, 제목은 <소욕지족>이고 자신을 위한 시간이나 주체성을 희생해가면서까지 필요 이상의 수입을 올리지 마라는 의미인 모양이다. 그런데도 수많은 사람들은 일어나서 일해야 한다. 오타 난포의 말을 빌린다면 '바보'가 될 수밖에 없는 것이다.

한밤중 3시, 대기해서 손님을 기다려도 보이는 건 종종 움직이는 노숙자뿐, 주변에 사람이 한 명도 없을 때 '나는 대체 뭘 하고 있는 걸까?' 하고 한숨을 쉬었다.

좀처럼 손님이 없을 때 신호를 기다리느라 옆에 나란히 선 버스

운전기사가 부러웠다. 그들은 길도 코스가 정해져 있어서 헤맬 일이 없다. 목적지를 틀려 손님에게 비난받는 일도 없다. 무엇보다 필사적으로 손님을 찾으러 다니지 않아도 된다.

15년간 종사하면서 4만 명 이상의 사람을 접했다. 본서에 언급한 대로 좋은 추억도, 그렇지 않은 추억도 있다. 하지만 돌이켜보면 모든 것이 그립다.

허세를 부리지 않고 말하자면 가업이 도산한 그때의 나에게는 이 일밖에 없었다. 택시기사라는 일만이 나를 받아주었다. 그리고 그길로 15년이라는 세월을 달렸다. 지난 15년이 좋았는지 나빴는지 판단을 내릴 필요는 이제 없다. 나에게는 그렇게 꿋꿋하게 살아왔다는 사실이 있을 뿐이다.

2021년 9월 우치다 쇼지

작가의 삶에서 아빠의 삶을 마주하다

내 고향 대구에는 시내가 딱 하나밖에 없다. 누구나 한 번쯤은 들어봤으리라고 생각한다. 동성로를 말이다.

20대 초반의 나는 가꾸는 데 아주 공을 들이는, 또래의 여느 여자아이와 같았다. 예쁜 옷 하나에 기분이 금방 좋아지고(그건 40대인 지금도 마찬가지지만), 하얀 피부 화장에 입술에 시뻘건 틴트를 칠하고 시내를 활보하는 그런 아이였다. 지금 돌이켜보면 20대에는 무서울 것도 거칠 것도 없었던 듯하다. 하지만 그런 나도 무서운 존재가 딱 하나 있었다. 그건 바로 우리 아빠였다.

아빠가 언제부터 택시 일을 시작했는지 정확하게 기억나지는 않는다. 내가 기억하는 바로는 어느 순간부터 아빠는 택시기사가 되어 있었다. 그 전에는 덤프트럭을 몰았고, 더 그 전에는 용달차를 몰았던 기억이 있다. 아빠가 언제부터 택시기사였는지는 몰라도 왜 택시기사가 되었는지는 기억이 난다. 그건 바로 아빠가 하는 일이 족족 잘 풀리지 않아서였다.

이 작품에서 택시기사를 '갈 곳 없는 이들의 종착역'처럼 표현한 이유를 나는 아빠를 통해서 이미 겪었던 것이다. 하지만 모든 이들이 그런 건 아니다. 간혹 택시를 탔다가 택시기사님과 이야기를 나누다 보면 이 일이 자신과 잘 맞아서 하고 있다는 분도 만나기 때문이다.

작가님이 언급했듯이 이 일을 하다 보면 사회의 계급 제도를 이해하게 돼 우울한 기분이 드는 것도 사실이고, 어떤 택시기사님이 말했듯 '내가 하는 일이 뭐가 어때서? 나는 어느 누구보다 잘 벌어서 가족을 부양하고 있는데'라고 생각하게 되는 것도 사실이다. 그래서 난 이 직업이 참 묘하게 느껴진다.

아빠는 택시기사 일이 잘 맞아서인지 아주 오랫동안 이 일을 했다. 일을 마치고 돌아와 옷도 벗기 전에 쓰러지기 전까지 약 15년간 택시기사로 일했으니 말이다. 아빠는 택시를 몰며 담배를 상당히 많이 피웠다. 그리고 그 담배는 아빠를 뇌졸중으로 쓰러지게 만들었다. 아빠는 택시기사로 일하며 예민할 때가 많았는데 이제는 예민하게 살지 않아도 되었다. 지금은 차를 몰 수 없는 몸이 되었고, 차를 모는 법을 잊어버렸으니 말이다.

가뜩이나 보수적이던 전형적인 경상도 남자인 아빠는 택시 일을 하며 더 보수적인 사람이 되었다. 그런 보수적인 아빠 앞에서 입을 수 있는 옷과 입을 수 없는 옷을 꾀를 부려 구분해가며 20대를 보냈다.

앞에서도 언급했듯이 대구에는 시내가 동성로, 딱 하나밖에 없다. 그리고 그 동성로 택시 승강장에는 택시가 줄지어서, 버스가 끊겨 집에 갈 수단이 없어진 사람들을 기다리곤 했다. 버스 정류장과 택시 승강장 장소가 거의 같은 곳에 있어서, 버스 정류장에서 집에 갈 버스를 기다릴 때면 버스에 탈 때까지 친구들 등 뒤에 숨어 있어야만 했다. 대구는 나름대로 넓은 데다 수많은 택시가 있는데도 우연히 아빠 택시를 맞닥뜨릴 때가 있어서였다. 내 여동생이 그런 일을 자주 겪었다. 그런 일을 겪을 때면 온갖 잔소리를 듣고 혼이 나야 했기 때문에 동생과 나는 택시비를 '더 내도 좋으니' 아빠 택시만큼은 정말 피하고 싶었다. 나와 나이가 같은 친척 여자아이가 어느 날 동성로에서 우연히 아빠 택시를 타서 정말 놀랐는데 아빠가 택시비를 받지 않아서 돈이 굳어 너무 좋았다는 이야기를 한 적이 있다.

최근에 문득 옛날 생각이 나서 남편에게 아빠 택시를 탈까봐 얼마나 조마조마했는지 모른다는 이야기를 하며 지금은 그런 일이 없으니 가끔은 허전하다는 말을 했다. 어느 택시를 타든 아빠 택시를 탈 일이 절대 없는 날이 이렇게 빨리 찾아올 줄 몰랐던 것이다.

몇 해 전에 인형뽑기방이 굉장히 유행했었는데, 지금처럼 깔끔한 뽑기방이 있고 그곳에서 근사한 인형을 뽑을 수 있는 것과 달리 예전에는 한산한 골목에 뽑기 기계 하나만 생뚱맞게 자리를 차지하고 있을 때가 많았다. 아빠가 한창 현역으로 일할 때 뽑기방이 있었더라면 좋았을 텐데, 아빠는 어두운 모퉁이에 외롭게 자리한 뽑기 기계처럼 외롭게 서서 뽑기를 할 때가 많았다.

택시기사 중에는 도박에 빠지는 사람이 상당히 많다. 실제로 대학교에서 만난 내 룸메이트도 아버지가 택시기사였는데 도박 때문에 가족이 다 힘들어했다. 택시기사 일이 그만큼 고되기 때문에 쉽게 도박에 빠진다고 했다. 하지만 아빠는 오로지 인형뽑기로 마음을 달랬다. 그 결과 예전 우리 집에는 수많은 뽑기 경품들이 나돌아다녔다. 심지어 아빠에게 뽑기 경품을 선물받을 때도 있었다. 그 뽑기 인형을 볼 때마다 아빠의 취미가 쓸쓸하게 느껴져서 가슴이 먹먹할 때가 있었다. 그래서 나는 뽑기방을 좋아하지 않는다. 아빠가 아프기 전에 그곳이 생겼더라면 아빠와 뽑기방을 한번은 가보지 않았을까. 아빠 솜씨라면 내가 좋아하는 인형을 실컷 뽑아줄 텐데 하는 생각이 들어서다. 옛날 뽑기 기계 안에는 온갖 잡동사니들이 경품으로 들어 있었다. 아주 가끔 아빠에게 선물받은 경품이 중

년 아저씨가 쓸 법한 도구라서 웃음을 터뜨린 적도 있었다. 그런 추억도 남아 있는 뽑기 기계, 그 뽑기 기계가 아빠에겐 어떤 의미였을지 간혹 궁금해지곤 한다.

아빠는 잔소리를 할 때는 말이 많았지만 평소에는 정말 말수가 적고 무뚝뚝한 편이었는데, 그래서인지 그런 아빠가 해준 몇몇 이야기는 선명하게 떠오른다.

아빠도 일할 때 취객은 되도록 받지 않도록 한다고 했다. 예전에 한 취객이 택시에서 토를 심하게 한 적이 있었다고 한다. 그래서 아빠가 급하게 차를 세워 수건으로 얼른 닦고서 그걸 빨러 공중화장실에 갔는데 그사이에 승객이 냅다 도망을 친 것이다. 승객이 택시에 구토를 하면 그 구토 냄새가 그렇게 잘 빠지지를 않는다고 한다. 그래서 환기하는 동안에 돈을 못 벌게 되니 승객이 그 비용을 꼭 지불해야 하는데 그 돈을 내지 않으려고 도망을 친 것이다. 아빠는 그 비용뿐만 아니라 택시비도 받지 못한 상태였다. 그리고 아빠는 내 또래의 여자아이가 만취해 있으면 절대 태우지 않았다고 했다. 딸 같은 아이가 취한 모습이 그렇게 싫었다고 한다. 실제로 아빠는 술은 한잔도 하지 않는 사람이었다. 그때 아빠가 나에게 한 말은 만취한 우리 또래 여자아이를 태우면 우리를 꼭 태운 것 같아서 기분이 좋지 않았다는 소리였다.

아빠가 택시기사였을 적에 다른 택시를 타면 잔돈을 안 받도록 하고 있었다. 그 잔돈으로 커피라도 한 잔 사드셨으면 하는 바람에서였다. 요새도 택시를 탈 때는 되도록 현금으로 계산해서 캔커피 비용인 잔돈을 챙겨드리려고 하지만, 갑작스럽게 택시를 타서 카드로 계산할 때는 챙겨드릴 수 없어서 괜히 죄송해진다. 그리고 택시기사님과 이야기를 나누다 "저희 아빠도 택시기사셨어요"라고 말씀드리면 기사님들은 그렇게 기뻐들 하신다. 그들의 자녀 이야기까지 꺼내며 아버지도 많이 힘드셨겠다, 대구면 더 힘들지 않느냐는 이야기도 한다. 아빠가 개인택시가 아니라 법인택시를 몰았다는 말씀까지 드리면 기사님들이 더 공감해주시곤 했다.

나는 아빠의 여러 모습 중에 택시기사 시절의 모습이 늘 제일 많이 떠오른다. 아빠는 경력이 꽤 길어서 회사 차 한 대를 혼자서 썼다. 그 대신 사납금을 더 많이 내야 해서 잠깐 자고 일어나서 택시를 몰고 나가 일하기를 오랜 세월 반복했다. 한밤중에 온 대구 시내를 돌아다니며 손님을 찾으러 다녔을 아빠의 모습을 상상하면 가슴이 서늘해진다. 그리고 이 서늘함은 먹먹함과도 닮았다.

이 작품의 저자가 보낸 택시기사로서의 삶을 아빠의 삶과 비슷한 점과 다른 점을 찾아가며 작업했다. 혹시 이 작품의 번역문에서 아련한 애정이 느껴진다면 내가 작가님에게서 아빠의 모습을 찾아내서일 테다. 비록 아빠는 병으로 쓰러져 택시기사 생활을 관둬야

했지만 작가님은 택시기사 생활을 멋지게 은퇴하고 평범한 일상을 보내고 있어서 마음이 푹 놓였다. 택시기사 이후의 작가님의 삶이 부디 건강하고 또 건강하기를 먼 한국에서나마 응원의 말을 보내고 싶다. 그리고 이번 작업으로 아빠의 삶을 조금이나마 이해할 수 있어서 나에겐 정말 뜻 깊은 시간이었다.

2022년 7월 김현화